KB176475

# 짧은 만남 긴 여운

# 짧은 만남 긴 여운

전인아 엮음

도서
출판 가온미디어

# 잎새에 이는 바람에도 괴로워하는 순수와 열정이 넘쳤던 선배...

회현중학교 1회 졸업생인 강홍근 선배는 초·중학교 시절 지역사회에서 이름이 알려진 수재였기 때문에 이름 석자는 이미 알고 있었지만 같은 중학교 4회 졸업생인 본인과 학창시절이 겹치지는 않았다.

필자가 강 선배를 직접 처음으로 만난 것은 강 선배가 서울대를 졸업하고 취업했던 직장을 그만두고 자신의 새로운 진로를 모색하던 시기였고, 필자도 대학원 진학을 앞두고 있던 20대 중반부터였다.

그후 서로 궁합이 맞는 선배이자 벗으로서 10여년 동안 가깝게 교유하면서 필자에게 각인된 강홍근 선배는 한마디로 윤동주의 서시의 이미지를 빼닮은 사람이었다. 그에게는 잎새에 이는 바람에도 괴로워하는 순수와 진실이 있었고 죽어가는 모든 것들을 사랑하는 인간적인 너무도 인간적인 풍모가 있었다.

그러면서도 그는 너무 진지하고 심각해 보여 자칫 상대방에게 부담을 줄 수도 있는 순수와 진실을 위트와 낭만으로 풀어내는 재기발랄하고 정열적인 달변가였다.

물론 지금도 본질적, 과학적, 공동체적 교육이라는 이상과 산업적 인재의 양성이라는 현실적 요구 사이의 조화문제는 우리에게 당면한 과제로 남아있는데, 강 선배의 교육에 대한 관심과 교육제도의 개혁에 대한 열정은 대단했다.

그는 한국의 최고대학인 서울대의 졸업자로서 그 기득권을 향

유만 하던 일반적인 사람들과 달리 본질적, 과학적, 이타적, 공동체적 교육으로부터 벗어나 있는 우리 교육의 개선방안의 탐색에 골몰했던 양심고백적이고 이타적인 큰 그릇이었다.

필자는 강 선배와 교육문제에 대한 토론을 하면서 도출했던 왜? 라고 질문하는 학습, 토론방식의 학습, 독서와 사색이 기본이 되는 학습, 개인과 사회가 조화되는 이타적인 공동체 지향 등과 같은 교육의 문제들은 우리의 교육문제와 관련하여 여전히 해결해야 할 적실성 있는 현안이라고 생각한다.

뒤돌아 보면 강홍근 선배의 큰 그릇이 채워지기 위해서는 보다 긴 시행착오와 지적탐색의 시간이 필요했는데, 그의 생에 주어진 너무도 짧은 시간이 한스러울 뿐이다. 여기에 남겨진 강선배의 단상과 메모들에는 밤하늘의 별처럼 영롱했던 눈빛을 가졌던 그의 순수와 진실, 휴머니즘과 낭만의 향기가 듬뿍 베어 있으리라.

강 선배의 지성과 인성의 향기가 이 글을 읽은 어린 새싹들의 가슴과 가슴으로 전해져 그들이 강 선배가 꿈꾸던 따뜻한 세상을 일구는 일꾼들로 거듭나기를 기대해 본다.

끝으로 강홍근 선배의 따듯한 온기와 향기를 품에 앉고 외로운 먼 길을 홀로 걸어와 우리의 새싹들에게 고이 전해주는 강홍근 선배의 영원한 아내 전인아씨에게 존경과 감사를 표한다.

두 형 표(강홍근 회현중 후배·SNS 활동가)

| 차 례 |



## 제1부 짧은 만남 긴 여운

## 제2부 화보



## 제3부 부록

제1부

# 짧은 만남 긴 여운

# 열리는 소리

열리는 소리 힘찬 소리
능력의 소리 의미의 소리
그건
오직, 느끼는 자者만의 것
아니, 차라리
은혜를 받는 자者만의 것

넘치는 정열
생의 환희
이들을 제어할 수 있는
학문의 힘

人間事 실로
서로 어울리며 사는 것
그것의 기초는
서로 서로 도와주는 자세를 갖는 것

오늘의 벅찬 하루도
기쁨에 겨워

한없이, 하염없이
손을 부여잡고
감사의 마음을 가져본다.

생의 원칙을 안다는 것
생에는 사는 방법이 있다는 것
이것은 대단한 발견이다.
그것은 실로 기쁨의 놀라운 함성을
演出하게 한다.

늘 그렇듯, 그리하여
생을 꾸준히, 능숙히,
지혜를 가지고 나가자.

1991년 새해아침에
새로운 마음을 가지면서

# 習作의 의미

이것은 정교한 돌깎음이다.
실제 있는 그대로
부족한 그대로, 양심 그대로
그냥 마음에 있는그대로 써보는 것이다.

책과 글
역사엔 가정이 없다지만,
책과 글은 人類와 함께 늘
같이 있을 수밖에 없었던 것
그것은 실로 크나큰 행복이다.

맹목적인 행복보다는
가꿔나가는 행복이 더 중하지 않은가?
보다 적고 보다 부족한 것에
더 사랑할 가치가 있는 것 같다.

지방이라고 살 수 없다고?
적다고, 느리다고,
그곳에서 행복을 찾을 수 없다는 건가?

그러나 조용한 그곳에
우리의 뿌리가 조용히 살아 숨쉬는 것
겉을 보지 말고, 남들이 하는 것에 영향을 받지 말고
자기 나름의 관점을 갖고
그렇게 인생을 해석해야 하는 법이 아닐까.

실로, 이 시간
그대로 보내긴 너무나 아까워
이 시간을 사뭇 붙들고
나는 그에게 조용히, 진지하게
심각히 물어보네!
과연 나는 네게 지금 성실하냐고!

1991. 1. 1 저녁 7시
두 번째 시

# 결혼

실로 결혼은
행복의 꽃
그보다 더 큰 행복을
우린, 찾을 수 있을까?

관습에 젖은 이들은
마치 결혼이 부자연스럽고
자기들의 利己의 城 쌓는 시작이라고 생각할 지는 모르나
실로, 결혼은
너무나 자연스럽고, 멋있고,
행복한 그 자체

그대,
나는 당신이 있어서 행복하고
당신은 내가 있어서 인생을 더 깊이 넓게 알고!

나는 그대를 신뢰하네
신뢰받는 그대는 한떨기 아름다운 백설, 설화雪花

그대는 진정 하나의 전설
어느 것이 그대의 자리를
대신 채워 줄 수 있을까?

모든 긴장을 풀고,
그대와 만나는 시간!
나는 실로 만천하에 가득한
행복을 느끼네

당신은 나에게 그 무엇보다도 우선순위
나는 그대를 절대 지배하는 것이 아니라,
그대의 충실한 협조자
그대는 나의 협조를 통해서
아름답게 피어나는 한송이 백합

끝없이 전개될 수 있는
사랑의 이야기
묵직한 저음의 감동깊은 소리
그 소리의 여운은 두고두고

우리의 생을 더욱 깊이 있게 흔드네

그대 하이얗고 눈부신 설목같이
나의 꿈을 듬뿍 안고 찬란하게 피어나는 백합되어라!

우리가 우리의 출생의 근원을 모르듯
이 벅찬 행복의 근원을 모르네
그러나 우리는 알 수 있지
이 행복을 주신 이는 부모님과
그리고 창조주시라는 것을.

그래 우리 감사하자
감사하지 않는 자의 은혜는
한날 잠깐 있다 사라지는 안개이리라.

# 행·불행에 관하여

산다는 것은 격랑에 부침하는 것
그러면
거기에 맡겨도 좋단 말인가?

아니다. 그럴 순 없다!
우린 배의 조정자이기 때문이다.
선장이신 주를 따라 격랑을 헤치며,
조용한 휴식의 항구에서는
주 예수에 닻을 내리자.

안전한 포구, 튼튼한 바위에
우리의 닻을 내리자!
거기서 우린 쉼을 얻으리,
평안을 얻으리,
격랑을 아무 지표없이
떠도는 人生이 되지 말기를...

1991. 1. 2.
작은형의 임대차계약 건을 전화로 듣고

# 친구에 대하여

친구란 것은 좋은 의미
그러나, 가만히 관찰해 보자.
그 안엔 실로 많은 종류의 사람들이 있구나.
심지어 도둑의 얼굴까지도

늘 그러하듯,
친구를 안다는 건 좋은 일
항상 친밀하게 폭넓은 대화를 가지자.
그러나, 가시 같은 친구는 늘 부담을 주는 것.

항상 부드러운 미소로 他人을 대하여
그가 위로를 얻게 하자.
평안을 얻게 하자.
항상 상대방에 대한 배려로
이 인생을 아름답고, 살만한 곳으로 이끌어 나가자.
풍성한 가슴으로 대하자.

1991. 1. 2.
친구를 만나고

# 음악에 대하여

우리 인생은 보이는 것 이상의 것
음악은 언제나 나의 친구
그 감미로움, 그 자유로움

그것은
우리에게 새로운 희망의 지평을 열어주는 것
그 어느 것보다도 그대는 자유로운 영혼

당신의 목소리에 나는 옷깃을 여미고
생의 기쁨을 만끽하네
오! 나의 사랑 나의 기쁨 나의 친구
나의 음악이여!

그대, 순결한 영혼이여
모든 생의 조급함 씻어내려지는 이 기쁨
그대는 영원한 생의 의미부여자!

1991. 1. 3.

# 일에 대하여

늘 그러하듯
여러 가지 일을 하고 돌아온 지금
나는
가슴 가득한 행복감을 느낀다.

지금 느끼는 피로도는
단지 지침이 아니라,
미래를 향한 힘찬 발걸음이기에
나는 뿌듯한 발판을 밟는 듯한
느낌을 받는다.

어린 왕자에 나오는
맹목적인 어른들의 모습은
참으로 시사하는 바 크다.
그것은 이론이 아니라 경험을 통해 느낄 수 있는 것.

늘 그러하듯, 그렇게 열심히 살자.
열심히 일하는 자는 왕 앞에 서리라, 서리라.

1991. 1. 3. 저녁 7시

# 하이얀 눈

쓸 수가 없다고?
그러나 나는 쓴다.
이 눈내리는 밤, 아직 어둠이 머물고 있는 새벽까지

수은등 주위로 하이얗게 쏟아지는 솜덩이들!
모든 건 이 아래 덮이는구나

인간의 모든 걱정 근심도, 마치 덮이는 듯싶구나
그러나 덮일 수 없는 우리의 걱정, 생각들

우리 모두 신앙의 거듭남을 통하여
걱정한 죄를 속죄하고
사랑하지 못한 죄를 주께 사함받고
이 백설과 같이 깨끗한 양심으로
그렇게, 그렇게 살아가자. 살아 나가자!

1991. 1. 4.
쏟아지는 하얀 눈송이들을 바라보며.

# 구상構想에 대하여

이불 속의 나는 행복한 존재
나는 몸에 따뜻함을 느끼며
조용한 構想의 시간으로 들어간다.

무의식까지도 포함한
심층구조적 인간의 존재를 특히 해석한다.
이 존재를 분석하고 해명하기 위하여
얼마나 많은 세월이 흘러야만 했던가!
인간 해석에 있어서의 오랜 미신적 사고 끝에 현명한 인간은
신의 은혜 가운데 있는 인간임을 발견하게 된 것이다.
심층구조의 과학적 분석까지도 가능하게 된 것이라고나 할까.

오늘도 구상의 나래를 펴며
역시 구상의 구심점은
인간임을 새삼 느끼며
자료를 계속하여 흡수하며 조용한 구상에 젖어본다.
행복은 반드시 우리의 것이지 않을까 생각하기도 한다.

1991. 1. 5(토)
새벽에. 여러 가지를 구상하며

# 자신의 평가에 관하여

자신의 평가란 항목은 중하고 중한 것이다.
이것은 사실의 문제보다는 진실의 문제이며,
결국은 자신감의 문제인 것이다.

그 누가 나에 대하여 어떠한 견해를 갖든 간에
나는 나일 수밖에 없는 것.
성격이 있고, 개성이 있고, 삶의 방향이 있고, 목표가 있는 것.

너는 나와 같아야 한다는 것이 아니라,
너는 나와 달라야 된다는 것을,
우린 알아야 하고 허용해야 한다.

엄청난 폭의, 상대에 대한 관용의 자세는
사회 모든 구성원들을 보다 더 자유롭게 하는 데 도움을 줄 것이며,
자신의 기쁨을 한층 더하게 할 것이다.

역사의 같은 지평에서 서로를 대하지 말고
각자의 역사의 지평에 서야 하는 법
숱한 경험을 통해 뭔가 나오는 것처럼
역사를 이끌어 나가자. lead 하자!

# 보물

반짝이는 영롱한 보석들
금, 은, 다이아몬드, 사파이어, 루비들
그 속엔 인생이 배어 있다.
인간의 역사가 숨어 있다.

열심히 일하는 자, 지혜를 갈고 닦는 자,
그에겐 집에 보물이 가득하리라.
이 세상의 모든 힘들고도 그러나 재미있는 일들을 열심히 할 때
우리는 정신적, 경제적 안정을 얻는다.

이 휴식의 조용한 시간에
우리, 보석들을 보자.
그 안엔 우리 인생의 사랑, 이별, 눈물, 영광, 기쁨, 감사가 들어 있는 법

열심히 구하는 자, 들여다 보는 자에게 보석들은
더 크나큰 의미로 다가온다.

우리가 사랑을 품을 때

보석은 그 진정한 가치로 접근한다.
사랑이 식은 자에겐
보석들은 냉정한 빛을 발 할게다.

우리, 풍부한 가슴으로 대하자
보석들을, 인간들을.

실로 인생은, 그 안에 인간들은 보석과 같은 존재들.
그 안에서 우린 무한한 가능성과 창조력, 기쁨, 감사, 사랑을 느낄 수 있다.

너무나 많은 보석이야기
보석들 이야기
해변의 소라가 그 소식을 전해줄 수 있을까?
바닷가의 모래가, 조약돌이, 하늘의 별들이,
보석들의 이야기를 다 전해줄 수 있을까?

욕심에 물들지 않고, 욕심을 버리고,
우리

보석과 친구할 때
보석들은 영롱한 빛으로 우리에게 다가와
생의 많은 이야기들을 할 것이다.

지혜로운 자 보석들을 차지할 것이며,
사랑하는 자
보석들의 많은 이야기들을 들을 수 있을 것이다.

1991. 1. 5. 아침 6시

# 클래식에 대한 단상

고전음악을 들으며, 들으며
그 장중함, 그 중후함에 빠진다.
그 생의 고뇌, 그 생의 깊이
기쁨, 환희, 처절, 승리의 함성을 듣는다.

느끼는 자, 느낄 수 있는 자
그대는 행복한 존재
그의 하는 말, 그의 비장함

生의 역사는
다수의 어우러짐이면서
고독의 표출이기도 하다.,

깊이를 느끼는 자의 평안
생각의 힘을 기르는 자의 情突
생의 정연한 計劃
그 예술_.

1991. 1. 7

# 뿌리

뿌리란 대단한 의미가 있다.
말로 형언할 수 없는 감동을 준다.
뿌리란 때론 과장되기도 하지만
진정 그것의 가치는 실로, 돈으로 환산할 수 없는 것.

뿌리란 우리에게 진정한 안정감을 주며,
우리의 존재 근원과 존재 방식을 알게 한다.
우리는 뿌리를 생각할 때 많은 반성을 하기도 하고
오류를 시정할 수 있는 힘을 얻기도 한다.

뿌리란 보이지 않는 것이기에
잘못된 판단을 할 수도 있지만,
진정으로 뿌리의 뻗어가는 방향을 알게 될 때
우린 삶의 방향에 더욱더 확고한 지향점을 알게 된다.

우리의 고통스런 역사는,
그것이 있었기에 현재의 우리가 있는 것.
격랑의 역사는,
그것을 슬기롭게 극복할 수 있는 지혜와 힘을 얻게 한다.

아버님, 그 순수한 얼굴을 그린다.
어머님, 그 조화로운 침묵의 인품을 그린다.
아버님은 강인한 의지와 깨끗한 양심의 소유자이셨다.
그 삶의 정열, 밀고 나가는 진취적 자세가 지금도 돋보인다.
이웃에 대한 배려 또한 크셨다. 아버님을 본받자고 다짐한다.
우리가 무엇으로 하여 이 자리에 있게 되는가?

사람마다 다 각기 다른 고유의 성격이 있지만
깨끗한 양심은 구별할 수 있는 법이다.
아버님을 본받자. 그를 더 깊이 알자!!

1991. 1. 6.
아버님 테이프를 듣고나서

# 한가로움

봄이 되어
냇물은 한가로이 졸졸졸 흐르고,
오랜 잠에서 깨어나
기지개를 켜고
참아온 세월을 가쁘게 하얀 숨을 품어내는구나.

이 한가로이 여유로운 시간
무엇을 할까 생각하다
이 시간의 自畵像을 그려
記錄으로 남기고 싶어
pen을 들었다.

이 시간을 가득 메우는
靜肅의 시간
그 고결한 침묵의 색깔

생의 영롱한 보석과 같이
아! 깨끗한 양심으로
이 생의 거울을 수정같이 닦자.

1991. 1. 8. 저녁 8시

# 주식에 대하여

모든 건 변하는 것
조용히 살고자 하는 자는 결코
조용치 못하리
도전하지 않는 자는 결코 평안을 얻지 못하리

지식의 총 출동
정보의 홍수
장세의 들끓음
투자자들의 동요와 동향

그 속에서 우린 선택해야 되리
인생은 어차피 선택과 고름이니까!

복잡한 장에서 떠나
조용한 휴식과 자료의 정리시간을 가져본다.

전쟁과 평화는
서로를 위해서 필요한 것
어느 것도 절대로 없어야 된다는 생각을 갖지 말자.

1991. 1. 9.

# 일상의 주변 일에 관하여

어느 것도 덜 소중하다고 하지 말자
어느 것도 덜 귀중하다고 생각지 말자
모든 일은 다 의미가 있는 것.

항상 일상의 주변일을
주의를 가지고
친밀하게 보자.

그리고
꾸준히 개선해 나가자
이웃에게 풍요로움을 선사하자.
내 주위에 편리와 평화를 깃들이게 하자.

모든 건
생각하기 나름인 것.
무지 때문에 겪는 고통과 불편은 얼마나 큰 것인지.

현명한 생각에 의해서
개선되어지는 우리의 주변들이 늘어날수록
우리의 미래가 행복한 삶으로 바꾸지 않을까.

1991. 1. 9.
꽉 차인 하루를 끝내고

# 바이러스에 대하여

그 조그만 것들이
그토록
육체적, 정신적 어려움에 영향을 미칠 수 있다니!

우리는
눈에 보이는 큰 것에만 관심을 두는 경향이 있다.
그러나
눈에 보이지 않는 작은 것들도
우리에게 얼마나 큰 영향을 끼치는 것인지!

사소하다고 가볍게 생각지 말고
크다고 두려워하지 말자
알렉산더의 기개도 작은 모기에 꺾인 것

약사, 약사들
그 지식의 활용
지식의 중요성, 고귀함이
첨탑으로 나타나 있다.
모두를 소중히 여기자!

1991. 1. 9.
감기가 조금 나아지면서

# 시간의 저축

저축이란 얼마나 기쁜 것인지,
이것은 내가 젊음을 다하여 일한 것의 댓가를 모아두었다가
내가 필요한 때 쓴다는 것 아닌가!

특히, 재정적 저축도 기쁜 것이지만
진정, 시간의 저축이란 얼마나 놀라운 일인지!

이 무형의 자산은
어차피 인간이 시간과 더불어 산다는 것은
시간의 저축은 오직 인간에게만 진정 가능한 것이다.
물론 돈도 저축이 가능하지만
돈은 생명력이 없지 않은가?

아! 진정 바쁘게 살아온 지난 1년
실로 보통 때의 10년은 산 것 같다.

지난 1년
보통 때의 10년의 시간을 저축한 나는 흐뭇한 심정
그동안 만났던 그 많은 사람들, 사람들.

그들은 나의 과거의 아름다운 시간들의 저축庫
내가 필요한 때
서로의 인격적인 만남의 열쇠를 통하여
우린 서로 그 시간을 기쁨으로 쓰는 것!
실로, 서로의 인격적 만남은
과거 시간을 꺼내쓸 수 있는 열쇠가 된다.
우린 인격적 존재들.

실로
형표가 提案한
이달 말~2월초의 제주 방문은 우리의 인격적 만남을 통하여
시간을 행복하게 꺼내 쓰는 일을 알게 했다.
제주의 경춘이도
내가 특성한 의노없이
과거에 그에게 쏟았던 시간들은
카드나 전화를 통하여
고이고이 성숙되어, 시간의 저축이 되어 아름답게 펼쳐지리.

우리의 그 아름다웠던 격동의 외로움의 시간들은
아름다운 기쁨이 되어 엮어 펼쳐지리

우리의 기쁨의 나날이여
펼쳐질 날들이여
울며 씨를 뿌리는 자는 기쁨으로 그 단을 거두리라.

1991. 1. 11(금) 오후 6시
서울에서 형표 전화받고.

# 판단력에 대하여

판단이란 얼마나 중요한 것인지
세상살이는 모두 판단에 의한 것
모든 것은 자신의 선택이며
그 결과에 대하여 책임을 지는 것이다.

모든 것을 절대로 남의 판단에 맡기지 말자.
자기가 판단한 것에 대해선 후회하지 않는 법.

늘 건강한 삶의 의식을 갖고
남의 의견에 흔들리지 말자.
이 급변하는 정세와 가격의 변동 속에서 진리를 보며 나가자!

한 발 반 박자만 빨라도 우린 많은 것 얻을 수 있다
그 얻은 많은 것을, 이웃을 위해 베풀자,
베풀자, 계속 베풀자.

1991. 1. 16.
증권시장에 다녀오고 나서

# 도전과 경험에 대하여

도전이 없으면 격랑도 없는 것
갑갑한 안일한 삶보다는
도전적인 역사의 격랑 속에 나가자

무한한 자원의 보고 그 원시적 상황에 도전하자.
거기엔 이론이 닿지 못하는 경험의 세계가 있다.

실로 경험하지 않으면,
뼈저리게 느끼지 못하고
적절히 대처하지 못하는 것.

이론은 오직 활용되기 위한 전 단계일 뿐
극적인 경험의 순간을 포착하기엔 미흡하다
많은 이론 후에 건실한 경험을 쌓아
극적인 순간까지도 포착가능케 할 수 있는
능력을 기르자.

그러나
극적인 인생보다는

모든 걸 당황하지 않고
유연한 자세로 대처하자!

단기적인 고전을 피하려 하지 말고
이것은 일종의 인내
장기적인 안목을 가지고
평소에 꾸준히 열심히
이 사회를 위하여 봉사하자.

꾀가 많은 극적인 사람들보다는
꾸준히 인내심을 갖고
장기적으로 이웃을 위해 노력하는 자가 많은 사회를 만들자
교육하자!

1991. 1. 18.
어제 주식 급등 후에

# 자연에 대하여

자연은 언제나 침묵
저 하늘로 뻗은 저 아슴푸레한 나무들
저 푸르른 초록의 상록수

이리도 조용히 침묵하면서
그리도 묵묵히 서 있는 거야?

그 수많은 이야기들
땅과의 그 많은 대화
그 끝없는 믿음.

이 시끄러운 세상을
바로 너희들이 그 많은 조용한 대화들로 받쳐주고 있구나
너 아름다운 존재들이여!

1991. 1. 20
따뜻한 봄을 느끼며

# 정치에 대하여

특별한 견해를 갖는다는 것은
일종의 행복
물론, 독자적 생각을 갖는다는 것은
무한한 자료의 타당성이 뒷받침돼야 하는 것이다.

이른바 정치를 부패한 자들의 모임이라 하지만,
적어도 그 시대의 최고의 이해의 폭을 갖는 자들이 그들이다.

특별한 견해를 가짐으로써
우리의 사회를 특별히 분석하고
나름대로의 조정을 하자.

없는 자에게 좀 더 나은 경제 상태를,
있는 자에겐 좀 더 사회를 생각할 수 있는 기회를 제공하자.
모든 건 순리대로 이루어져야 하는 법.
만물에는 때가 있다.

1991. 1. 21.
저녁 8시 여유시간에

# 사상의 자유와 고전과 그 인물들

아! 좋은 책들이란 마치 大地와 같은 것.
나무가 大地로부터 물과 양분을 빨아들이듯
고전의 대지로부터 양분을 흡수하자.

모든 상황은 자기가 만드는 것
결코 그냥 주어지진 않는다.
무엇이든 만들려면 고생이 따른다.
그 고통과 아픔 후에 탄생하는 기쁨이란!

아! 자유로운 시간,
이것은 내가 고생하여 만든 것
양심을 지키려 고생했고, 신앙을 위해 고통을 받았다.
처절한 고통은 그 후의 기쁨이 더 큰 법이다.

아름다운 음악과 함께
충분한 문화적 흡수로 하여
내 생은 풍요로워 지는 것.
사상의 흐름에 접하려는 마음.

아! 그 누가 나의 自由시간을 빼앗겠는가?
또한 그 누가 나에게 자유시간을 주겠는가?

1991. 1. 25
책과 언제든지 접할 수 있다는 행복감에 젖어서

# John Lock의 글을 읽으면서

모든 건 자기가 철저히 획득하는 것.
그냥 주어지는 것이란 아무것도 없으며
아니! 오히려 그냥 주어지더라도 그건 무의미한 것.

늘 경건한 자세로 생을 보며
진지한 자세로 古典과 대하며
갈구하는 마음으로 世界史的 人物들과 만나자.

그 누구도 놀라운 역사상의 인물들과
만나려는 나를 막지 못할 것이며
그 무엇도 나의
世界史的 人物과의 만남을 막지 못하리라.
끝없이 흡수하며 사색하자.

포도나무 가지가 줄기에 붙어 있으면 저절로 열매를 맺는다.

# 희생에 대하여

말로만의 희생과
실제로의 희생은
상당한 차이가 있는 법이다.

말은 쉬우나 행동은
희생을 필요로 하기 때문에
쉽지 않고 힘든 것이다.

인간이 누구나 평등하다는 말은
실로, 많은 희생이 있어야 진실로 되는 것이다.
말보다도 실천이 중요하다.

한참 떠들고 나면
위장이 신경을 많이 쓴 탓으로 약간 뒤틀려온다.

상대방이 나의 고마움과 피곤함을 모르더라도
무슨 보답을 바라는 것이 아니라
진실로 그 자신의 행복만을 위해서
힘쓰고 애쓰자!

1991. 1. 26(일) 저녁 6시
원철이를 가르치고 나서

# 시도에 대하여

극심한 외로움에
그 누구의 손길도 닿지 않는 외로운 섬 가운데

온전한 자유와 자연을 느끼며
그간 접촉해온 모든 것들이
더 이상의 접촉할 마음을 일으키지 못하는 지금.

출구를 찾아서 침묵하는 이 마음
강요된 침묵이 아니라
더 이상의 말을 필요치 않게 된 지금
역시 침묵은 최고의 보석

세상은 유사 이래로 물질에 집착하는 것
이것은 현실에 대한 인식
현실 속에 사는 나는, 이상을 갖고 있되
현실이란 무엇인가 인식을 해야 하는 법이다.
우린 현실과 어울려 사는 존재기 때문이다.

이 외롭고 허전한 마음을 달래기 위하여
더욱더 교양을 쌓고
古來의 현인들과 끝없는 대화를 갖자고 마음 먹는다.

물질을 탐하는 자는
영원히 만족치 못하리.
물질을 잘 쓰는 자는
시시때때로 행복을 느낄 것이다.

새로운 기쁨을 위하여 탈출도 중요하지만
그 전까지의 침묵과 준비의 기간이 더 중요한 법이다.

영원한 지혜와 현인들의 말씀을 통해
나는 기필코 믿음의 승리를 하리.
오직 여호와를 의뢰하는 자는 이루리라는 말씀을 음미한다.

1991. 2. 6. 아침
학원에 갈 준비를 하며

# 삶의 접속

삶이란 어울려 사는 것
그러나 인간은
생존에 대한 본능 때문에
죽음의 그림자에 대하여 원천적 거부감을 表示한다.

그러나
용기있는 자, 예수 그리스도와 같이
삶을 긍정하며
죽음에 과감히 도전하자.

삶에 언뜻언뜻 보이는 죽음의 그림자들
실직, 취업 싯점, 가난, 배고픔, 청탁, 부패, 미움, 배반 등에서
우린 죽음의 그림자를 느낀다.

그러나 결코 좌절하지 말자.
죽음과 죽음의 그림자를 결코
두려워 하지 말자.
죽고자 하는 자는 살 것이며
살고자 하는 자는 죽으리라.

결코 죽음의 세계에 굴하지 않고
죽음을 두려워하지 않는 마음을 키워나가자.

건강한 삶이 있고, 노동이 있고,
눈에 보이는 필요한 일들을 직접 하면 된다.
결코 정신이나 무형의 것으로 끝내지 말자.

육체와 정신을 동시에 사는 자
너!
진정 삶의 승리는 나의 것.
죽음을 각오하는 자들의 것!

1991. 2. 12
국제외국어학원에서 TOEFL과 Vocabulary 책을 받고 나서

# 학문의 즐거움

평생 공부를 한다는 것에 대해
우리 사회가 상당한 거부감을 갖고 있는 것이 사실이다.
하지만 공부는 평생 해야 하는 일이 아닌가 생각한다.
공부를 일방적인 강요에 의해서 한다거나
마지못해 억지로 하는 것에서
어찌 진리의 추구가 있을 수 있으랴!

철저한 선택과 필요에 의한 습득과
그 필요의 방향을 점검하는 것은
중요한 일이다.

당장 요구된다 하여 방향과 목적 없이
맹목적으로 공부할 수 있겠는가?

또 인생은 결코 서두를 필요가 없는 법
방향을 잃고 서둘기보다는
그런 시간에는 차라리 정지하자!
정지 속에서 우리는 엄청난 방향
모색의 기회를 오히려 찾을 수도 있다

서두르지 말자
생의 중요한 덕목 가운데 하나는 여유이다.
여유 속에서 모든 편견과 강박, 조급함은 사라지리라

늘, 꾸준히
필요에 의해서 학문을 습득하되
열심히 하자
거기서 나는 상당한 기쁨과 희열까지를 느낀다

학문이란, 시간을 이기는데
외로움을 아름답게 승화시키는데 중요한
우리의 자산이다.

1991. 2. 21(목) 오후 8시
상당한 추위를 느끼며

# 상당한 외로움을 느끼며

아무와도 이야기 하고 싶지 않은 지금
모두 다 각자의 길을 바쁘게 가고 있다

생의 진실추구는 뒷전에 밀리고 사람들은
오직 보이는 부의 추구에 부심하고 있구나

친구들과 아는 사람들 대다수가
기득권의 유지에 급급하고
사회의 썩은 물결에 대해서는
논하지 않으려 하는구나

얼마나 많은 사람들이
나의 마음을 아프게 하는지
그들은 사랑과 봉사라는 생각이 염두에 없구나

오늘은 삼일절
일제에 항거한 그 정신
그러나 나는 그 내용을 자세히 모르기에
태극기 달기를 망설였다.

잎으론
태극기를 뜻 있고
자신 있게 달 수 있게 되기를 희망한다

우리 사회의 구조적인 부패상에 대해
철저한 시각을 가지며
좋은 방향으로 잡기위해 노력하자

이 진리에서 멀리있는 백성을 가르쳐서
진리와 가깝게 하자!
깨끗이 하자!

1991. 3. 1. 삼일절에

# 신의 은총에 관하여

한이 없는 주의 은혜
끝없는 그의 사랑
가이없는 그의 은총
생각키도 어려운 그의 능력

아!
감사하리라, 찬송하리라
만입이 있어도 그의 은혜를 찬송 못하네
어떤 아름다운 말도 그의 감사함을 다 설명 못하네

인간의 잘나고 못남
그에겐 한갓 부질없는 기준
늘 찬송하리라, 그의 은총을
늘 감사하리라, 그의 돌보심을
끝없이 전파하리라. 그의 사랑을

주께선
끝까지 정의를 위해서 참는 자에게 그 길을 보여주신다
진리의 근원이신 그분에 접목될 때

나는 저절로 열매를 맺는다.

그는 나의 구원자이시오 생명이시오
구원자이시며 친구와 의지할 이시다.
세세무궁토록 찬송 받으실 야웨여!
주의 이름을 찬송하나이다
거룩하신 주여! 나의 구주여, 아멘.

1991. 3. 9 12시
가르침의 방향을 잡아가며

# 섭섭함을 느끼며

마음에 섭섭함과 안타까움의 파도가 인다
생은 원래 파도가 있는 법이다

우리 사회에서 이른바 선생이라는 사람들
그들은 우리의 사회와 역사 속에서
과연 어떠한 존재들인가?

가장 풍부하고 가장 창조적이어야 할 그들이
가장 막힌 제도의 이용물이 되다니!

그 의례적이고 이해관계적인 그들
일상의 사회생활에서 지극히 小我病的 태도를 보이는 그들

우리 사회에 활력과 믿음을 넣어줘야 할 그들이
오히려 우리 사회 發展의 진전을 막고 있다니!
아! 서글프고 가련한 그들.

무엇이든 하기 전에 먼저 인간이 되라!

우리 사회가 아무리 이해관계에 치밀하다 하여도
그래도 진리와 진실, 사랑과 정의, 평화는 있는 법

이제 나에게 남은 건
열심히 공부하여 지식을 넓히는 것
일하자, 끊임없이 공부하자.
지금으로선 재미있는 건 그것 뿐인가 한다.

1991. 3. 28. 오후 2시
따뜻한 봄날에 군중에게 아침에 전화하고서

# 아! 이 계절 봄에

진정 계절은 봄
아무리 혹독한 추위도 시간과 계절 앞에선 어쩔 수 없구나.

아파트주위로 샛노랗게 피어난 개나리
단풍잎의 돋아남, 나뭇가지의 함초롬한 새 잎들
땅엔 초록의 손바닥들이 올라오고!

아! 그러나 이것이, 이 봄이
나의 생에서 처음으로 짙게 느껴보는 봄내음

진정, 계절을 느낄 수 있는 자는
행복을 누리는 자!

늘 건강하고 밝은 마음으로
이 계절을, 이 생을 살자
살아 나가자!

1991. 4. 11.
바람도 없는 아주 따뜻한 봄날에

# 느낌, 사랑에 대하여

아름다운 음악이 물결처럼 흐르는 곳
이곳은 나의 쉼터
시간의 정지, 똑딱이는 시간

교육은 장엄하고도 막중한 것
늘 가다듬는 자세로 자신을 보자
인생이란 진지하게 가꿔야 하는 것

눈이 부시게 푸르른 신록과 함께
솟아오르고 풍성해지는 만물
사랑의 느낌, 그 고요, 그 평안

서로가 서로를 위하여 줄 수 있는 걸 찾자
상대를 풍성케 하며 평안케 하자.

인간은
얼마든 변화될 수 있는 존재이다.

언어의 풍성한 연구와 함께
이 생을 더불어 풍성하게 살아나가자.

1991. 5. 1. 학원 개강, 새로운 얼굴들

# 교육에 대하여

실제 세상은 실천해보지 않고는 모르는 것
내가 뜻을 가지고 교육을 펴곤 있지만
문화적 수용태세가 안되어 있구나

실로 역사란 도도한 흐름
이 흐름을 막기란 생각보다 훨씬 어렵구나
그러나 이 흐름의 원천과 이유를 알면
적절한 방향으로 조절할 수 있다

기본 영어 끝나고 받은 만년필
오히려 내가 송구스럽구나
교육적 양심, 과연 나는 충실했는가에 대한 자책감이 밀려온다.

항상 생각하며 살자.
연구하고 노력하면 안되는 일이 없는 법
교육적 이상을 가지고 학원을 내가 세우더라도
나는 학부모들과 협의하여 진실된 교육을 시키리라

학생만으론 안되고 부모님까지 이해시켜야 한다
실로 현재대로의 교육의 결과가
이 사회에 극도의 이기주의와 반인도적 인간상을 만들고 있다.
자! 힘차게 교육의 바른 길을 걸어 나가자.

결과적으로 영어를 잘하게 되면 될 것 아닌가?
충실히 열심히 연구하면서
그들에게 미래의 나아갈 바를 제시하자.

할렐루야... 아멘

1991. 4. 27(토)
학원생들이 줄어듬을 보며

# 맑은 날씨에

하늘은 맑고 푸르다
개나리꽃은 떨어져 그 화사함 뒤에는 너무 실하게도
푸른 이파리들이 솟아 올랐다
화려함 뒤의 실질적인 풍만

하늘엔 엷은 구름이 바람에 날리어
눈에 아리도록 흩어 엷어져가고
교육을 생각하고 연구하는 내 마음은
이 하늘같이 높고 푸르르다.

그래 계속해서 이 길을 가자
기쁨과 감사의 마음으로 연구해가면서
나의 길은
고전의 지지와 하나님의 보호를 받는 길 아닌가

꾸준히 열심히 연구하면서
이 길을 가자
우리는 믿음으로 반드시 승리하리라!

A-men

쾌청한 날씨처럼, 나의 마음도 화개함으로
깨끗하게 되어 맑은 세상을 만들어 나가자!

1991. 4. 29. 비온 뒤 쾌청

# 개인지도에 관하여

사실은 개인적으로 신경을 쓰긴 싫다.
그러나 상대방의 요청에 의하여
어떤 일을 하게 되는 경우가 있다.
이때는 신경을 쓰는 stress가 생긴다
그러나, 내가 단순한 지식의 전달자가 아니라
진정으로 인생의 횃불 역할을 해줄 수 있다면
그것은 실로 보람에 찬 행보일 것이다.

늘 감사하면서 최선을 다하자
人類의 classic에 파묻혀
그 진리와 인생을 탐구·탐독하자.
학습 태도와 생의 자세에 대하여 그들에게 보여주자

늘 환하고 건강한 모습으로
그들에게 훌륭한 신앙적 인간상을 심자, 심어주자!

1991. 5. 19.
비오기 전 무더운 날씨에

# 생의 풍성함, 그 가시적 변형, 진리 추구의 示現

믿음은 실질적인 현실
단지 그것이 실제로 나타나기까진
우린,
상당한 시간을 인내하고, 때론 방황도 하고, 기다려야만 한다.

인내는 누구에게나 요구되는 법
땅을 파는 농부는
자신의 육체적 인내를 겪으며,
수확의 계절이 와야 땀의 댓가를 비로소 얻게 된다.

그래 믿자. 노력하고 그리고 기다리자
진리가 실종되고, 거짓들의 모습들이 삶의 방식인 양
생의 평균치를 이루고 있는 지금

진리의 우아하고도 환한 모습으로
늘 그렇게 그리하자.
진리는 나의 사랑, 나의 기쁨, 나의 평안
'진리를 알지니, 진리가 너희를 자유케 하리라.'는
말씀을 음미해 보는 아침이다.

1991. 5. 28 <생을 일찍부터 살고 싶은 마음>에 맞는 새벽녘에

# 과식과 빗줄기

메마른 가슴을
대지를 흡족하게 적셔주는
빗줄기가 시원스레 쏟아진다.
창밖 오동의 빨간 여린 잎새들은
어느새 파랗게 변하여 있고
그 펴든 손바닥들은
온몸으로 내리는 빗줄기들을 반기고 있다.
늦봄의 고즈넉한 아침나절.

건강이 가장 중요하다는 말을 새삼 떠올리며
과식이 끼친 영향에 흔들리고 있는 지금
늘 욕심을 버리려고 하건만
순간순간 욕심에 지고 만다.

자신을 파악하기란 쉽지 않다.
정신적 자아뿐만이 아니라
육체적 건강 상태까지도 파악이 필요하다는 것을 새삼 깨닫는다.

세상 살아가면서 하나하나 깨달아가는 우리는
어느 과정상의 존재일 뿐 미완의 그 무엇이다.
묵언도 성급히 결론짓지 말고
하나하나 배워나가자!
오래된 술과 친구처럼
마음은 인생의 항아리에 담겨
고이고이 숙성되어 가는 것.

이제, 은은한 향취를 고이 간직한 채
이웃을 위하여 아름다운 향기와 영향을 바탕으로
그들에게 생의 의미를 깨닫게 하자.
부여하자

늘 그렇게 노력하자.
만물이 봄비를 맞아 환호하고 있는 이 아침에!

1991. 5. 24
빗줄기 쏟아져 만물을 적시는 이 봄 아침에

# 어수선한 일요일을 보내며

인간이 인간답게 숙성되어 간다는 것
그것은
단풍잎새 한적한 개울가에서
농익은 술을 벗삼아 생각하는
그 생각의 숙성처럼
그리도
가슴에 아스라이 번져오는
그 잔잔히 밀려오는 감동

인간이
인간이 될 수 있다는 것은
얼마나 깊은 사색과 사려와 조심스러움과
고요함, 인내를 동반하는 것인지

지금 내가 서 있는 이 시간
이 시간의 풍요를 위하여
나는 오늘도 머리숙여 조용히 걷는다
계속 주위를 살피는 시야의 확장과
더불어
조용히 움직이는,

그러나 강하고 힘찬 나의 발걸음은
결코 약한 것이 아니라
오히려 숙성을 향하여 가는 신사적인 회화이다.

아!
진리의 신이시여
이 부족한 나를 어루만져 주사
나의 몸과 정신 속에서 독기를 빼주시고
더욱더 고요한 움직임을 주소서
그러나 조금의 독은 때론 약이 되기도 하지요!
시출판 기념회에 모인 동창들, 사람들
이 세상의 한계가 보이는 몸짓으로
자신이 이루었다 함을 보이려 하누나

그러나, 그들의 원초적 물음이
대답되어지지 못하는 지금,
그들의 존재는 오직 웅성임으로만 느껴진다.
그들의 그러한 모습도 존중하면서
더욱 아름다운 사랑의 사회를 위하여 그들을 돕자

나에게 있어서
학생은 보배, 반짝이는 초록별
나의 다이아몬드

그 놀라운 존재들에게
실로 자신의 가치를 긍정할 수 있도록 유도하자.
할 수 있는 부분은 교정하자
그리고 무엇이 옳은 것인가를 생각할 계리를 주자
생각의 공간을 마련해 주자!

지식과 태도를 겸비한 지도를 통해
그들의 생이 찬란히 빛나도록 하자!
그들로 하여 우리 사회가 변화하게
풍부하고 더 나은 상태가 되게 하자.

글은 나의 벗, 나의 글이 시가 되는 날
그 시가 강력한 감동으로 변혁을 일으키기를.

교회에 못 간 오늘, 어제 전주에서의 대화, 어수선한 하루가 가고 있다.

1991. 6. 16(일) 10시 반의 오후

# 비 내리는 아침

빗줄기 내리는 이 아침에
생의 각양각색의 모습을 하나하나 점검해 보면서
생의 모습을 진지하게 재정립해 나간다.

교육의 여러 가지 문제를 경험적으로
다시 정립해 나가면서

언제나 이렇게 해야 된다는
고정관념을 갖지 말자.

나의 動因은 오직 사랑
그 실천적 과정은 오직 봉사
머리를 유연하게, 책을 많이 읽자!!

1991. 7. 7. 빗줄기 내리는 아침에

# 녹산 밖에서

나는 밝아오는 이 아침이 이리도 좋다
아직도 불을 밝히고 있는 가로등 너머
먹구름 짙게 깔린 사이로 보이는 하늘

세워둔 자동차
달리는 차량
인생은 길 위에서 길을 바라보며
그러나 가끔은
하늘을 바라보는 존재이리라

나는 이 밝아오는 아침과
산뜻한 이 바람이 좋다

아직
어두움이 남아 있는 이 자리
진리의 빛으로
좀 더 넓게 밝게 하자! 강홍근

1991. 8. 2(목) 새벽 5시
밝아오는 새벽에

# 낚시를 하고

단치
단치야
한 마리 너는 엄청난 의미
영과 일의 차이가
일과 백의 차이보다
더 큰데
한 마리 너는 가능성의 시초
이상과 현실을 잇는 가녀린 희망,

1991. 7. 30. AM 12:50

# 서울고 자리 돌의자에서 인아와 함께

말이 별로 필요없는 지금
오직
부는 바람따라 생각은
자유로이, 산뜻하게 흩어지고
저 만치 있는 나무는
수은등불에 하이얗게 부시고
인간사 많은 일들을
조용히 가슴에 모아둘 이때

고요한 기도는 하늘에 닿아
우리의 진실은 성장해 가고
진실의 샘에서 행복을 길어내고
행복을 마시고
또 행복을 마시우자.

우리의 씨뿌림은 싹이 틔여
싹으로 자라 날이 가면서
행복의 열매로 주렁주렁 넘치리.

1991. 9. 11.

# 감이 열리다

감나무에 감이 열렸다구요?

감의 문을 열어봐요
빠알간 속살 점점이 박힌 켜들
그 속에 살포시 담겨져 있는 씨앗들,
생명의 씨앗들.

그 고동소리 들어봐요
생명의 기쁨이 넘치지요?

감에 문이 열렸다구요?
그래요!
살포시 한번 열어봐요

어린 시절 집 앞 뜨락의
아름다운 추억들이 밀려오지요?!

1992. 1. 6.
대일학원에서 미역국 먹고

# 남산에서 1

가을에 펼쳐진 자연
물들은 나무들
점점이 어우러진 푸른 잎 속의 노랑잎새들
언어가 짧아 표현을 못하는 지금
다시 한 번 나 자신의 내부를 가다듬는 시간

모든 감각이 언어에 의해 지속되고
언어는 무의미한 사실에 풍부한 생명을 불어넣으리
세상은 결코 겉보기만의 것이 아닌 것
더 깊은 정신세계를 위하여 더 많이 읽고 생각하자.

노오란 황금색의 숲
여유있게 만나는 구름의 무리
한가로이 거니는 비둘기의 무리들
모이를 먹는 그 열심을.

구름 뒤에 숨어 비치다
다시 환히 비치는 태양
푸르르게 축 늘어진 수양버들

그 흔들리는 한가한 여유로움
나무 끝에 매달리듯 붙어 있는
빠알간 낙엽의 움직임들.

가을 날의 서정
그 화폭.

1991. 10. 26. 정오 12시

# 남산에서 2

남산계단 옆 눈 쌓인 그곳
그곳은 일찍이 우리들의 자그마한 쉼터였다.

인생은 노동 이상의 것
잔디 위에 살포시 쌓여 있는 눈과
작은 키의 나무들
저편을 색칠한 들, 황토색에 나뭇가지의 채색
놀이터 아이들의 기쁜 웃음들.

길 옆 나무의 마른 잎이 말하는
계절 그리고 인생
남산에 이 계단들과 길을
배고픈 마음으로
바라보던 시절.

그러나 이제는 조금은 여유로운
배고프지 않은 육체로
또 마음에 빈 공간을 채워줄 수 있는
따뜻해질 수 있는

아내와 걷는 넉넉할 수 있는 이 마음.

나는 진정 행복의 문에 들어서 있나.
이제 남은 건 우리의 노력
더욱 깊이 사고하여
이 생을 진실로 가득 채우고 행복한 진실을 남기자.

1992. 2. 3. 구정 전날

# 「韓脈會」 대학생에 배신감

3월 18일자 동아일보 1면 톱기사로 보도된 「民自 대학생 선거운동 조직 韓脈會실체 드러나」 라는 기사를 읽고 놀라움을 금할 수 없다.

이 사건을 보고 대학생들까지 이 지경이 되었는가 하는 통탄스러움과 집권여당이 말로는 공명선거를 강조하면서 뒤에서는 대학생들에게까지 불법선거운동을 저지르게 하는 조직적인 불법행위를 감행하고 있다는데 대한 배신감을 억누를 수가 없다.

교육일선에서 활동하고 있는 사람으로서 근간의 여러 사건들(國科搜사건, 김태촌사건 등)을 접할 때마다 우리 사회에는 정의의 기준이 없어진 게 아닌가 하는 느낌이 들곤 한다.

그런데 이번 한맥회 사건에서 더욱 놀라운 것은 검찰의 극히 미온적인 수사 태도다. 이렇게 되면 이 사회는 정의가 무너져버린 것이다.

무엇이 정의인가.

힘 있는 자는 불법을 저질러도 처벌받지 않고 힘 없는 자는 조그마한 잘못에도 징벌을 받아야 한다니 이건 민주사회와는 거리가 먼 것이 아닌가.

검찰은 즉각 집중수사에 착수해야 한다.

정부여당도 당연히 검찰의 수사를 촉구하여야 한다. 그래야 정부여당에 대한 국민들의 불신을 조금이라도 줄일 수 있을 것이다.

강홍근. 서울 용산구 동자동 19의 77, 17통7반

# 1992년 3월 18일자 한맥회 기사에 대하여

지난 3월 18일자 동아일보 1면기사 <한맥회 실체 드러나>를 보고 저는 여러 가지 생각을 하게 되었습니다.

실제로 저는 선거가 있을 때든 평상시든 간에 이 역사에 결코 방관자가 되어선 안되고 나름대로의 위치에서 참여하여 책임을 다해야 된다고 보고 있습니다.

그리하여 이번 선거에 처한 우리사회 상황을 신문(주로 동아일보) 방송을 통해 면밀히 주시하고 있던 중, 이번 한맥회사건을 보게 되었습니다.

저는 교육을 하고, 교육에 관심을 갖는 사람으로서 지난 여러 사건(국립과학수사연구소, 김태촌 사건)에서도 우리 사회에는 무엇이 옳은가에 대한 '정의'의 기준이 없다고 느껴왔습니다.

이번 사건에서도 검찰의 늦은 반응은 힘있는 사람이 무조건 옳다는 식의 무분별한, 아무 생각없이 출세만 추구하는 우리 사회의 단면을 그대로 보여준 것이라고  할 수 있겠습니다.

이러한 사회의 잘못된 점을 늘 지적해 주시는 동아일보에 다시 한번 감사드리며, 우리 국민 모두는 국민의 수준만큼 사회와 정치의 수준도 된다는 것을 깊이 생각하고 끊임없는 독서와 토론, 깨우침 거기서 우러나오는 용기와 자기 희생의 길로 나가야 될 것을 촉구합니다.

1992. 3. 19. 동아일보 전화내용

강홍근(서울 용산구 동자동 19-77 17/7, 남 34세, 교육자, 전화:319-1391)

# 독자 여론 담당자께

항상 심층적인 보도를 하시는 동아일보와 관계자들에게 다시 한 번 감사드립니다.

저는 이번 4월 1일자 동아일보사설 「서울대의 입시개선 방안」 내용에 전적인 공감을 표시하는 바입니다.

세계 어느 사회에서나 마찬가지겠지만, 우리 한국 사회에서도 진정한 의미의 정상적인 교육은 우리 사회의 모든 분야에 걸쳐 가장 중요한 부분이라고 생각하고 있습니다.

모든 사회교육분야와 마찬가지로 초·중·고·대학, 나아가서 그 이후의 교육까지도 우리의 지대한 관심의 대상이지만, 특히 이번 대학 입시요강에 관련한 동아일보 사설의 지적은, 이 잘못된 교육에 대한 각성을 다시 한 번 깨닫게 하는 현명한 것입니다.

실제로 교육에 관심을 갖고 있는 사람으로서, 교육현장의 문제는 왜 공부하며, 무엇 때문에, 무엇을 목표로 하는지도 모른 채, 맹목적인 답 맞추기, 점수 올리기에 고등학교까지의 자녀들·학부모들이 짓눌려 있는 상황입니다.

이러한 현실에서 타 대학입시에 상당한 영향을 미치고 있는 서울대가 이러한 비정상적인 우리의 교육풍토를 외면한 채 교육부의 국가적 교육개혁방안과 제도(예:수학능력시험)에도 불구하고, 다시 구태의연한 단편적인 지식만 있어도 능력있는 사람이라는 생각의 분열 양상을 보이는 것은 실로 안타깝고 비참한 현실입니다.

모쪼록 서울대는 이번의 입시요강 결정이 결코 한 학교만의 문제가 아니라는 현실을 인식해, '종합적인 사고력'을 키울 수 있는, 많은 연구 끝에 나온 입시개혁 방안의 대열에 적극 동참해 주길 바라며, 자기 희생의 각오로 임해야 될 것입니다.

그리하여 고집스런 단편적 지식만을 가진 고독한 인간상에서 이제는 다양한 사회에서 융통성과 포용성, 종합적 사고력을 가진, 건전한 시민양성의 교육개혁 대열에 적극 참여해 주시길 다시 한 번 촉구합니다.

감사합니다.

※단순한 맹목적인 지식의 축적이 아니라, 깨달음이 있어야 될 것입니다.
※이기심만 키워온 지식위주의 입시에 대한 대개혁에 동참해 주시기 바랍니다.

# 아름다운 날

이렇게 아름다운 날에
이렇게 아름다운 시간에
이리도 아름다운 사람과 함께
피아노 음율은 흐르고
우리는 미래를 이야기한다.

미래는 다가오는 것
미래에 되어질 일들을
현실과 같이 생각하고 있는 우리는
정녕 꿈속에 공주, 왕자들인가?

아니다
결코 그렇지 않다
믿음은
미래로 건너가는 사다리

우리는
우리의 행복과 이웃의 행복을 위하여
반드시 우리의 생각하는 바를

기필코 성취하고 말 것이다
이 여름을 가르고
지식의 숲을 탐구하여
우리의 미래를 힘차게 건설해 나가자

1992. 6. 25. PM 11:40
사시를 준비할 마음을 먹으며 인아와 함께

# 학부모님께

장마가 자주 있지만은, 그래도 가끔씩 햇살이 비치는 이 계절에, 학부모님들 안녕하십니까!

자녀가 있으신 부모님들께서는 자녀교육에 관심을 쏟으시느라 어려움이 많으실 줄로 생각합니다. 저도 나름대로 공부를 계속하고 있는 입장에서, 학생들의 진로와 학업에 관심을 가지고 있으며, 나름대로 학습에 있어서나, 진로에 있어서 도움을 줄 수 있으리라 확신하고 있습니다.

그동안 2년 정도의 학원 경험과 과외지도의 경험을 살려서, 학부모님들의 어려움을 다소나마 덜어드리고 싶습니다.

교육이란 것이 결코 학생과 교사, 둘만이 이루어 나가는 것이 아니고, 학부모님들과의 긴밀한 상의와 대화, 협조 속에서 이루어지는 것이라 볼 때, 저는 항상 부모님들과의 진지한 대화를 통해서, 좋은 교육이 되도록 힘쓰겠습니다.

늘 부족함을 깨닫고, 늘 연구하며, 성실하게 가르치겠습니다. 진정한 뜻의 교육이란 지식 등을 통하여 참된 사람으로 만드는 것일 것입니다.

관심 있으신 분들의 문의바랍니다.

저의 신상과 학력·경력·원하는 대상·내용은 다음과 같습니다.

나이 : 34세(남)　　　이름 : 강홍근(기혼)
종교 : 기독교　　　　성격 : 온순

-학력 및 경력-
1977년 전주고등학교 졸업
1981년 서울대학교 졸업
1985년 지방학원 영어강사
1990년 과외지도
1991.1~1991.6 지방학원 영어강사
현. 공부 중

대　상 : 국민, 중, 고1까지
과　목 : 영·수(조정가능)
시　간 : 주당 3회, 2시간씩
인　원 : 2~3명(그룹지도)
연락처 : 전화 319-1391(용산구 동자동 대일학원 옆)
전화가능시간 : 오전 12시까지
저녁 6시~10시까지(되도록이면)

일　자 : 7. 17(금)~7. 26(일)
장　소 : 학생의 집

*진로지도와 실력향상을 위해 최선을 다 하겠습니다.
*점점 스스로의 힘으로 할 수 있도록, 학습에 대한 흥미를 느끼게 하여, 점점 스스로 추구해 나가도록 노력하겠습니다.
*학습에 어려움을 느끼고, 이른 바 문제점이 있는 학생일수록 좋습니다. 저는 문제점이라는 것을 문제점으로 보지 않고 대화할 수가 있습니다. 자녀들을 학습과 더불어 바람직한 방향으로 인도해 나갈 것입니다.
*형제와 같이 따뜻한 마음으로 지도할 것입니다.
*여러가지 사항은 전화로 상의바랍니다.

- 감사합니다 -

# 사랑하는 나의 작은 형, 형수님, 나루·나현에게

오래간만에 편지 하는군요!
잠이 잘 오지 않는 이 밤입니다.
그동안도 건강하신지요!
실로 모든 문명이 발달하고 있는 이 시대에, 발달된 문명에도 불구하고 인간사에는 전쟁 등 파괴와 서로간의 서운함·이해의 부족 등이 여전히 남아있군요.

실로 이 시대는 편지를 쓰는 수고를 하기도 힘든 시대인가 봅니다. 그러나, 인류의 영원한 부의 창출의 가장 근간이 되는 노동이란 아마도 그 중요성이 결코 감소되지 않으리라 생각됩니다. 펜으로 글을 쓰는 것도 하나의 노동으로 느껴지는군요. 그러나 이 노동에 의한 편지라는 형태는 무엇보다도 우리의 진실을 담아낼 수 있다고도 생각됩니다.

형을 비롯하여 형수님 안녕하시고, 나루, 나현이도 건강한지요! 고모님도 건강하신지요!
여기는 어머님을 비롯하여, 큰형네집, 형수님, 민정, 민철이 다 잘 있구요. 매형, 누나, 선용, 선정이도 다 잘 있습니다. 선용이는 약 한 달 전쯤에 군에서 제대하였습니다.

구태의연한 진부한 이야기는 하지 않으려 하기에 형한테 L.A 흑인 폭동사태의 여파를 그동안 물으려 하지 않았습니다.

모든 건 주위의 사태에도 불구하고, 자신의 마음가짐과 교양, 사태의 분석, 사랑으로서의 대응방안, 그리고 사랑의 조직화에 의한 주위로의 전파 등이 자신의 주변환경과 더 나아가 그 사회의 문화를 만든다고 생각합니다. 주께서 형과 형의 가정, 그리고 하시는 사업에 함께 하시길 간절히 기원합니다.

형,
나는 그동안 한국 현실에 대해 비판적인 입장을 가질 수밖에 없었으며, 나의 양심의 촉각은 항상 한국사회의 현실에 결코 따라갈 수 없었던 것 같습니다.

그리하여 현상적으로는 적어도, 일반인들이 말하듯이 사회부적응 상태를 면치 못했습니다. 그동안 나는 종교에서 그리고 교육에서 빛을 찾으려 했습니다.

형님도 믿다시피 예수님은 진리요, 성서는 진리입니다. 나는 전혀 의심할 수 없습니다.(그 많은 신학 이론에도 불구하고...) 그러나 현행 종교는 결코 진리라고 할 수 없을 것입니다.
현행 기독교가 진리가 아니라, 예수님과 성서가 진리일 것입니다. 그래서 저는 교회와 목사, 신학교에서 진리를 발견치 못했습니다. 또한 교육은 참으로 사랑이 가득찬, 왜 사랑을 하여야 하는가 하는 이유를 아는, 그리고 사랑을 실천할 수 있는 참다운 원동력을 가진 인간을 만들어야 정상일 것입니다. 그러나 한국현실은 교실에서 사랑과 담소와 대화와 토론을 할 수 없으며, 더구나 학원은 강사들의 맹목적인 외우기 대회장이 되어버렸습니다.

그래서 나는 노동(신문배달, 공사장일)을 택했습니다. 그러나 노동이란 것이 무척 피곤하다는 걸 알았고, 그 피곤의 결과 내 정신의 새로운 숨쉬는 공간을 마련하는 시간이 줄어간다는 것을 요즈음 느끼고 있습니다.

물론 우리의 빛은 예수 그리스도요, 그의 말씀, 성서입니다. 그러나 그것이 정신영역을 주로 다루는 것이라면 형도 아다시피 물질로 이루어진 세상에서, 삶의 물질적 도구없이 어떻게 살아가겠습니까? 어차피 인간이 태어나서 어떤 종류이든간에 직업인이 된다는 것은 필연적인 것입니다.

그러면, 서민으로 태어나서 교육적 풍부한 정신세계 형성이 부족한 나에게(절대 부모님에 대한 원망이 아닙니다) 이 사회가 이토록 양심에 사리끼는 것들이 있는 곳이라면, 나는 매번 부딪혀 다시 튕겨나거나 막혀 정지되어 버린 상태로만 있어야 될까요? 나에겐 과연 빛이 없는 것일까요?

내가 양심과 예수님의 말씀, 성서의 정신세계를 알고, 글을 좀 안 것이 나에게 불행한 일일까요? 결코 그렇진 않으리라 생각합니다. 나는 지금까지 무엇에도 얽매이지 않는 자유인이고 싶었나 봅니다. 지금까지의 경험으로 보아 자유에는 많은 고통과 방황이 따르는 것 같습니다.

결론은 저는 이번에 다시 학원에 갈까 생각하다가, 인간이 숨쉬기에 너무나 협소한 곳이다는 생각이 다시 들어, 출판계에 뛰어들까 생각하고 있습니다. 시대를 바로잡아 나가는 데는 정치도 중요하고 언론도 중요하다고 생각합니다. 한국현실은 종교와 교육에 기대를 걸기는 힘들며, 언론은 중요한 깨우침을 시시각각 주나, 사태의 근본적 뿌리를 해결하기엔 미흡한 것 같습니다.

그래서 저는 요즈음 출판에 관심을 갖게 되었습니다. 한 시대의 뿌리를 주며, 근본적인 변화를 이끄는 것은 출판이라 생각합니다. 작가의 길도 있을 수 있겠지요.(단, 저는 글을 쓸 정도의 풍부한 내용성과 자료, 훈련이 되지 못했습니다)

진실은 사회를 보다 바람직한 방향으로 변화시킬 것입니다. 출판계통의 책과(언론도 약간 곁들여) 출판사 등을 알아볼 것입니다.

주께서 저와 제 아내와 함께 하시길 바랄 따름입니다. 소식 전하기로 하고, 오늘은 이만 안녕히 계세요! 주께서 형과 형수님, 나루, 나현이에게 함께하시길 기도드립니다.

1992. 7. 23. 0시 30분에
서울에서 홍근 드림

# 아버님께

아버님, 죄송합니다.

인아는 용산도서관에 학교 친구와 함께 공부하러 갔고요(월요일부터 시험입니다)

저는 11시에 교회에 가서 12시 20분쯤 전화드렸으나 이미 왔다 가셨고, 또 몇 번 전화하였습니다.

저는 지금(2시 30분)에 출발하여 북가좌동 형 친구 애들 가르쳐주러 가서 잠실 형 댁에까지 들려서 저녁 12시나 들어올 것입니다.

3일간 계시다 가신다니, 저는 항상 오후 1~6시에만 일하기 때문에 저녁에 자고, 매일 오전 중과 오후에 시간이 있을 것입니다.

그럼 이때 저녁에 뵙도록 하죠.

인아와 연락이 되면, 저녁 드시고, 그렇지 않으면 사서 드셔야 될지도 모르겠습니다.

1992. 12. 1 오후2시 30분에
홍근 올림.

# 육체노동에 대한 단상

하루하루가 상당히 육체적으로 힘들게 넘어가는 요즈음이다.

육체노동의 한계는 어디까지인가? 신문배달 2구역은 가벼운데 세 구역은 상당히 힘에 부친다.

그래도 이 상황에서 내가 할 수 있는 최선이란 시간제 노동밖에 없는 것 같다.

정치적 타협이란 무엇을 의미하는 것일까?

내일 모레까지 3번째 구역을 끝내려고 했는데, 절충해서 20일까지로 이야기가 되었다.

나의 곤란함과 상대방의 곤란함이 둘다 있을 때, 그것을 마음에 담아두지 말고 우리는 대화를 해야 한다.

대화에서는,

나의 이익만을 추구하지 말고 상대방의 입장과 나의 입장에 조화를 하자.

되도록 내가 힘들고, 손해보는 쪽으로라도 심사숙고, 이것저것 고려하여 타협을 이끌어낸다.

마음이 허전하다.

그저께 서울지역 동창회모임에 갔다 왔다. 소감은 쓰면서도 그 뒤의 여운이 남는 것 같다. 마음이 좀 훈훈해진다. 마치 시간이 거꾸로 돌아간 느낌이었다.

생의 전(前) 시간대를 같이 살았다는 것, 이것은 상당한 의미가 있나 보다. 이론으로 설명하기 어려운 어떤 것이...

이 허전한 마음에 그래도 위로가 되는 것, 그것은 마음에 드는 책 한두 권이다.

늘 하나님을 섬기며 사랑하며, 책을 읽고 연구하며, 이웃을 사랑하며, 우리의 인생을 보석처럼 가꾸자!

신문배달 때문에 피곤함과 함께, 거기서 느끼는 육체노동과 정신영역 확장의 갈등.

독서량의 부족을 느끼는 요즘. 동창회 갔다온 뒤의 감상적 마음.

출판의 진실(안춘근)과 법학통론(최종고)을 옆에 놓고, 푸근해하는 마음.

바깥벽에 얇은 플라스틱 슬레이트 몇 장 얹어놓은 한데 같은 부엌, 영하 4~5℃. 밖에 물이 얼었다. 매일 부족함을 느끼며, 진실로 이 마음과 환경, 이웃의 빈 마음을 채워나가자.

1992. 12. 11(수)

# 오랜만의 새벽

오랜만에 갖는 이 고요한 새벽 시간
이 새벽의 진가를 그 무엇으로 말하랴.
그동안의 좀 과로한 노동에서 벗어난 어제 실로, 삶을 노동으로 이어간다는 것은 거무스름한 하늘을 무겁게 이고 가는 것.
곧 다가오는 크리스마스.
어제의 음악회, 인아와의 교회 음악회에 함께 참석, 크리스마스 장식품 만드는 활동에의 공동참여, 거기서 느끼는 기쁨. 지나고 난 뒤의 훈훈한 추억.
아! 그리스도의 사랑 안에서 이 아름다운 일들 기적들, 이웃과의 담을 터는 일들이 기적과 같이 이루어진다니.
독서에의 끝없는 지향과 독서의 香水. 독서향기 가득한 나의 집, 우리의 삶.
크리스마스 기분과 크리스마스 카드로 내 마음을 채우고 채워서 보내는 마음.
들리는 빗소리, 공부에의 열정, 실력이 있는 정의로운 사람이 되기 위하여 오늘도 진지하게 시간을 보내자!

그리고, 다시 잠으로...(김영삼씨와 청와대 입구까지 같이 간 꿈을 꾸다.)

1992. 12. 21(월)

# 새해 아침

새해다.
새로운 해다.

지난해,
우리는 진실로 지혜로웠었나?
우리는 진실로 자신에 충실했었나?
우리는 열심히 땀 흘려 살았나?

올해도 우리 행복하고, 열심히 살자.
이웃의 행복을 위해서 노력하자.

전화벨 거의 울리지 않는 요즘
이 고독 속에서
주님을 바라보며, 진실을 추구하며,
이 고요의 시기를
진정한 마음가짐과 실력으로 채우자.

모든 다양한 생각을 모아
기도로써
거룩한 제사를 드리자!

1993. 1. 1 뭔지 허전하고 피곤한 아침에

# 크리스마스 전날

어제 교회에 갔다. 청년들의 모임에...

우리 사회를 바꿀 수 있는 것은 기독청년들이라는 생각을 갖고.

그러나 그곳은 고민을 이야기하는 장소도, 이 시대의 문제점을 이야기하는 곳도 아니었다.

오직 십자가가 빠진, 종교의 옷을 입은 전통적 부패, 집단이기주의의 잘 나가는 자들의 사교장소로 전락해버린 느낌을 받았다.

거기선 더 이상 고통받는 자의 외로움과 아픔에 귀기울이는 자 없었으며, 미화된 추상적 말의 잔치, 사교클럽이었다.

이 사회의 집단이기주의에 실망한 많은 자들의 대안으로서 기독교의 정의와 보편적 사랑에 내 마음의 고향을 두고 있지만, 일반 사회는 맹목적 경쟁에 내버려져있고, 불행히도 교회도 더 이상 진리가 말하여지는 의지처가 되지 못하고 있는 요즘.

나는 오직 학문에서 그 정의와 진리를 찾으려 하고, 인간들이나 기존의 구성된 종교에도 의지하지 않으련다.

오직 나의 의지처는 우리주 예수님과 책 속에서의 학문탐구뿐이다.

나의 노력과 치밀한 추구가 이 사회에 조금이라도 보탬이 됐으면... 하는 마음 간절하다.

주께서 나의 모든 발걸음을 인도해 주시리라 믿는다.

※「부산 기관장 모임」 사건의 지역성 조장부분에 대한 강력한 대책을 요구하며, 서울지검, 민자당, 동아일보에 전화했음.
역사의 현장에서 그냥 지나칠 수는 도저히 없기 때문이다. 나도 역사의 주인으로 참여하자.

1992. 12. 24(목)

# 고독을 느끼는 요즘 날들

오늘은 성탄이 바로 지난 주일.

피곤함으로 예배에는 참석을 못했고, 지난주의 설교 라디오에 귀를 기울였다.

마굿간에 오신 예수, 결코 화려한 모습으로 나타나지 않았던 예수. 지난주의 설교말씀이다.

오늘 나가본 청년부 모임.

역시 철저한 현실 인식이 약간 결여된 듯한 찬양, 계속 찬양. 마음은 평화롭긴 했다.

회원들이 많이 모인 풍성한 모임이었다. 새로 짜여진 임원들, 축하해주었다.

이어 가장 관심이 있는 성서공부모임.

30세 이상팀이 5조로 만들어지고, 청년부 모임 후에 사회관에서의 차와 함께한 대화. 역시 대화란 같은 나이 또래끼리 통하나 보다.

교회가다 태평서적 재고서적, 탈무드, 유태식자녀교육 3500원에 사다. 너무 기쁘다.

방안이 무언가 기쁨으로 가득찬 느낌이다. 역시 기쁨과 행복은 정말 자기에게 필요한 책을 읽는 기쁨인가 보다.

사회관에서의 나이가 좀 든 사람들과의 대화.

정말 나는 이곳에서 우리의 가능성을 보았다. 성서는 진실로 우리에게 무한한 힘의 근원으로서 작용할 것이다.

우리 각자의 처지에서, 사회 속에서 진정한 그리스도인으로서 성서적 활발한 삶을 살자. 이것이 바로 현대의 우리 사회에 진정한 활기와 생명을 불어넣는 중요한 길이리라.

이민재 목사의 분석적이고 개방적 설교, 새로운 임원들의 기쁜 탄생, 우리는 부족하나 주께서 도와주신다는 겸허한 믿음의 아름다움.

사람의 기획, 신념, 의도보다는 기도로 준비하는 것이 더 풍성하다는 회장의 말에 대한 공감.

기도란 진정 우리의 마음을 평화롭게 해주는 평화의 사도. 그러나 이제 기도는 더 이상 지향점을 잃은 맹목적인 주문이 아니라, 철저히 현실 속에서 문제의식과 긴장감을 느낀 자의 간절한 마음모음, 간구, 위대한 지혜의 저장고, 진실을 불어넣는 생명력.

청년부에서 나의 위치를 돌아보고, 20대에 주축을 맡기면서, 우린 조언을 해줘야 될 것 같으며(현 청년부에서) 같이 사고하고, 행동하기에는 삶의 성숙도가 다른 것 같다.

사실 나도 그러한 기간을 거쳤기 때문에 그들의 부족함과 실수는 너그러이 이해하고 위로하며 이끌어 주어야 한다. 이른 바 실수, 실패는 성공에 이르기까지 우리가 우리 자신을 돌아볼 수 있는 좋은 계기일 것이다.

이 모든 상황에도 불구하고, 우린 여전히 기도해야 되며, 또한 나는 끝없는 독서와 학문의 추구, 기도로써 이 생을 진실되고 순수하게, 의도없이 믿음을 가지고 살아나가자.

실로 성서는 우리의 빛이요, 청년은 성서연구를 통해 이 사회에 빛과 소금의 역할을 할 수 있다. 교회와 사회에 새로운 각성과 활력을 불어넣는 아주 작지만 소중한 모임이 되도록 기도하자. 주께서 우리의 모든 것을 도와주시리라.

우리의 희망, 우리의 구원 예수그리스도.

한국의 희망, 한국의 빛 우리의 교회.

청년.

주여, 모든 걸 주의 뜻대로 이루소서.

이 역사의 진전 속에서 주께서 지혜로써 모든 걸 도와주시리라 믿습니다.

도와주소서 주여!

이 고독 속에서 우리는 진실을 차곡차곡 우리의 마음에 담아내리.

1992. 12. 27.

# 경제의 기초적 안정의 의미

며칠 전(1월 15일) 인아가 취직해서 병원에 나가게 되었다. 그동안 1년여 동안의 고생이 이제 좀 한숨 돌린 것 같다.

나는 진실되길 원한다.

거짓으로 타협하며 돈 벌고 싶진 않다. 그래서 이리도 바보같은 길을 가고 있는지도 모른다.

현재의 사회체제상 나는 어울리기 싫은 것 같다.

정동교회에서 청년부 5조모임에서 지난 일요일 우리는 한줄기 빛을 발견할 수 있었다.

우리의 모임을 계속 발전시켜 나가자.

기도하자.

마음의 벽을 진정 허무는 것은 기도이다.

지난주의 설교를(김봉록 목사) 라디오를 통해(11시) 들었다. 하박국의 말씀, 너무 감명깊었다.

늘 기도하며 살자.

인아가 직장생활을 하는 등 생활이 바뀌었으므로 상황조정을 잘 하자.

지금 인아는 자고 있다.

1993. 1. 18(월)

어제는 눈이 좀 왔다. 날씨 좀 추움.

# 우리의 나아갈 길은 무엇인가?

3일 전에 인계할 사람이 왔다.(이병화)

나는 신문배달을 끝낸다고 인사하고 다녔다.

어쩐지 내 마음은 쓸쓸하였다.

아! 그러느냐고 수고했다 하는 사람이 있는가 하면, 별 반응이 없는 사람도 있었다.

그날 나는 집에 와서 쓸쓸함에 잠겨, 나는 누군가? 과연 나는 지금까지 무엇을 하며 지내왔는가 하는 어처구니 없음과 공허함에 사로잡혔다.

나의 진로도 목사냐 사법고시냐 아니면 가이드(Guide) 자격증을 따느냐 등등으로 갈팡질팡이다.

형표와도 자주 통화하고 있다. 약간의 위로가 된다. 약국에서 신질환 치료제 키도라를 샀다. 소변에 단백질이 섞여 나오고 있다. 과로 때문일 것이다.

이 모든 상황에서도 열심히 기도하며 하루하루 열심히 노력하며 살아가자. 나 자신이 혼자 길을 갈 수는 없다. 부부간에 같이 서로 보완하며 나가는 것이다. 특히 우리는 예수님과 함께 같이 가야만 한다.

1993. 1. 30 인아의 목사 반대로 진로에 대한 갈팡질팡의 와중에서

# 기쁨의 서곡을 들으며

믿는 자의 응답은 진정 기도 끝에 나오는 것일까?
외로움과 고통, 생각의 갈래와 그 많은 방향전환.
나의 진정한 믿음과 생명의 방향은 무엇인가?
습관과 관습의 껍질을 깬다는 것은 참기 힘들 정도의 고통과 외로움을 동반하는 것인가?(인간에게 있어 새로운 방향을 찾기란, 안 찾기보다 더 노력해야 가능할 거다.)
우리의 삶이 방향을 잃고 그저 그렇게 살아가고 있을 때 여기에 새로운 변화와 함께 생동감이 있게 되는 건 진정 깨달음, 예수 그리스도의 필요성을 절감하고 받아들이는 것이리라.

이제 나의 방향들을 모두어, 앞에 놓고 기도할 때 진정 나의 상처를 싸매시며 위로하시는 주님의 말씀을 기다리자. 나의 마음에 확신이 차게 되리라.
깨끗한 마음, 깨끗한 양심, 이기적 욕심을 버리는 곳에 주의 성령, 평화와 기쁨의 성령이 풍성히 인하시리라. 아멘 .

*인아가 나이트 근무(P.M 8:30까지감)가고 잠실 형수로부터 성경읽고 있다는 말을 듣고 기뻐하면서 어머님께 전화함(11시)
두가지 방향 생각 [ Guide, Toefl, 영어정진→유학
교회활동, 감신대(전도사 활동 병행)→유학

1993. 2. 3. 10:10 오늘 배달 끝난다(6일째 인계중)

# 2월의 끝자락에서

2월도 이제 하루밖에 남지 않았다.

우리는 하루하루를 열심히 살고 있는가?

20일 아버님 제사를 위해 25일까지 6일간을 고향에 내려갔다 왔다.

19일 인아 밤 근무 후 기차로 9시쯤 간 것이다. 갈 때 이리(익산) 큰아버지댁에 들러 큰아버지 뵙고 이야기 나누고 기도하고 나왔다. 큰 아버지는 점점 더 건강해 지시는 것 같았다.

군산서 서울 올라갈 때(인아) 이리중앙시장에서 밥먹고 좋은 곳이라는 커피숍에서 차 한잔 한 후 서울로 먼저 감.

거기서 버스로 군산에 가서 나운아파트(부동산)있다가 유원에 갔다가 전주에 가서 병홍이→최순규→황구연(근태 체육과(전주대) 교수)→기붕이(새벽 4시까지 술)→7시에 기상→누나네 감→선정, 선용과 얘기, 전주공전 전자계산학과 합격, 차 삼→병홍이 학원에 고시책이 한 30권 있었다. 이렇게 다니느라 목이 다 쉬어버렸다.

또한 night 근무하고 있는 인아에게 오전 10시, 저녁 8시반 전에 전화해보니 빨리 올라오라고 해서 서둘러서 오는데 피곤해서 정신이 없었다.

심지어 이리로 가려는데 전주표를 사서 전주차를 타고 가다가 중간에 생각이 나서 대야에서 내려서 이리 가는 차로 갈아탔다. 기차로

입석 3시 17분 차를 탔는데, 무지하게 피곤해서 책도 눈에 들어오지 않았다.

신문을 파나 하고 봤더니 플랫홈에도 없었다. 기차에서 배가 고파 김밥 하나를 먹고 심심하게 올라왔다. 와서 인아와 대화 후 병원가고 잤다. 목이 쉬고 너무 피곤하여 26일 오후까지 피로가 가시지 않았다.

군산에서 누나가 졸업 축하 선물이라고 5만원, 매형이 따로 3만원을 주었다. 우리에겐 정말 필요한 돈이었다. 이와같이 고통받고 가난한 자를 위하여 힘쓰는 것이 진리가 아닐까? 매형과 누나에게 고마운 마음 뿐이다. 복있는 사람들...

오늘 아침 좀 피로가 풀린 상황에서 이제 좀 정리를 하고 하나하나 공부해 나가야겠다.

전주 친구들과 주위 사람들로부터 보다 현실적이 되라는 충고를 많이 받았다. 그래 나도 이제 열심히 공부하여 현실력을 갖춘 사람이 될 필요가 있는 것이다.

꾸준히 읽자! 마음의 진정한 평화를 위하여!

"역시 배운 사람이 낫다"는 소리가 타당성이 있다.

1993. 2. 27.

# 교회에 갔다와서 풀리지 않은 쓸쓸한 마음을 안고

비가 조금씩 내리는 밤이다.
인아는 먼저 잔다.
오늘 교회에 갔다온 후 좀 잤다. 그래서 잠은 좀 오지 않는다.

교회에 다녀온 후 착잡한 마음이다.
과연 현 한국교회에 희망은 있는가?
무사안일의 비현실적인 종교像이 판치고 있다. 과연 이 시점에서 나는 무엇을 해야 하는가?
학원을 알아보려 하는 내 마음, 편치 않다. 나의 가장 좋아하는 일은 도서관에서 책을 맘껏 읽는 것이다. 하기야 일하면서 공부해야 될 것이다.

이상(理想)과 현실(現實).
비록 현실이 문제가 많이 있더라도 현실을 떠나서는 살 수가 없는 것이다. 당장 배가 고파지니까!
그래서 우린 현실 속에서 이상을 펼쳐나갈 수 밖에 없는 것 같다.
여건이 된다면 공부하는 것이 좋다. 그러나 안되면 일하면서 공부할 수 밖에 없지 않은가?
내일 학원을 찾아나서는 발걸음에 힘찬 희망과 용기 있으라!

"무엇이든지 구한 것은 이루어진 걸로 믿으라, 그리하면 이루어지리라" 예수님 말씀.

주여! 우리를 불쌍히 여기소서.

청년부 내의 젊은층과의 대화의 문제들. 그리고 우리 청년부의 신앙과 더불어 사회적인 문제들에 대한 우리의 태도들.

열심히 기도하며 주께 간구하자! 우리 청년부의 바람직한 앞날을 위해서 그리고 우리 사회의 개혁과 정화를 위해서 우리가 참다운 개혁세력·정화세력이 되도록, 소금의 역할 그러나 또한 지적 희망을 주는 빛의 역할 또한 담당해야 한다.

주께 위로를 구하는 마음이다.

1993. 3. 14(일) 밤 12시

# 감사한 마음을 가지면서

놀라워라! 주님의 사랑! 그 은혜!
그가 갈 바를 알지 못했으나 믿음으로 떠났다.

주여! 모든 것엔 때가 있다구요?!
이번주 일요일부터 학원을 찾아나섰다. 조선일보의 광고면, 여러 장(총4장)의 이력서들.
이력서를 들고 다니는 마음의 착잡함 그 불안정. 그러나 최대의 막막함, 최대의 불안정은 또한 최대의 가능성일 수도 있다. 단, 선한 의지와 성실한 자세가 뒷받침되었을 때의 이야기이겠지만 말이다.

처음에(월요일) 가락동 농수산물시장 옆, 민자당 연수원 가는 길 근처의 학원(영재), 교직생활(25년)한 원장. 그 뒤로 롯데월드로 쭉 훑어나오며, 지나치다가 다시 들어간 곳 경기학원. 거기서 정기영 원장과의 만남. 약 한시간 반여의 대화를 나눴다. 원장님의 내 말 받아줌, 그 다음날 동아일보 보고 저기 고덕동 성균관학원, 그 굽이굽이 먼 곳에 들림, 나와 동년배. 가서 한 30분 정도의 대화, 시험을 봄(볼 필요없다고 하였으나 봄, 모든 건 규칙에 따르는 것이 중요). 어느정도 이야기가 좀 통함, 인간적인 이야기들. 그날 성내역에서 경기학원에 전화, 내일 들리라 함.

(수) 다시 잠실에 감. 경기원장께 전화, 웅지학원 가보라 함. 원장님 못 만남. 경기학원에서 5~8시까지 수업들음. Roger.

(아침에 성균관학원에서 전화옴. 못 간다고 함. 인간적으로 만나서 이야기 좀 하자함)

잠실에 가서 성균관에 전화해 줌.

(목) 1시정도 다시 잠실에 감. 경기원장께 전화. 웅지 가보라 함. 웅지 전화, 가서 이력서 씀, 원장님 만남. 아주 좋아하심. 전고 몇회인가? 54회입니다. 여기 다리 건너 장신대 대학원 다녔다고? 도OO이라는 선생님이 한 5년 계셨는데, 학원에 많은 도움을 주셨다면서 좋아하심.

성결교회 이만신 목사가 6촌형이라 하심. 경기원장과는 아주 친한 친구라 함. 다시 경기학원에 와 5~6시까지 수업 들음. 인아가 와서 같이 옴.(군산전화 3000원(기쁜소식). 가톨릭에 가서 기쁜소식 알림. 경기학원 위치 알려줌)

(금) 경기학원에 3시쯤 감. 이야기 나누고 수업 들음(5~8시까지). 올 때 원장님과 좌석버스 타고 미도파까지 옴. 갈현동으로 가시고 나는 약 10시에 귀가.

(토) 인아 5:44분차 타고 병원 감. 이승찬·김삼(운동하러 갔다 함)에 전화 함.

이 모든 과정을 통해 역사하시는 하나님의 손길을 느낌.

신앙체험과 고백.

이 생을, 진실로 정의와 진리로 살자!

3대 역기능의 고리를 끊고!

내 영혼아!

오직 하나님을 바라라!

다윗의 시편은, 그의 약함과 하나님을 바라봄이 너무 좋다!

(지금까지 나를 있게 해준 모든 분들께 감사!)
아멘- 할렐루야!

현실에 다시 접하며, 경건한 마음과 각오와 겸손한 태도로서 진지하게 임하자!

1993. 3. 20(토) 오전 8시

# 넉넉한, 그러나 성실해야 하는 이 아침에

요즘 경기학원에 되도록 일찍 나가느라 상당히 피곤하다.

우선 원장님과의 인간적 친밀감과 긴밀한 대화를 통한 서로간의 이해의 기간이다.

모든 사람들과 사람들 사이엔 생각의 차이가 나는 법. 서로간의 차이를 이해하고 조정하자!

이제 이 조용한 아침에 책을 앞에 쌓아놓고 있는 이 마음, 참 좋다.

오늘 웅지학원 원장 아들을 가르치기 위하여 준비하여야 한다.

열심히 노력하며, 기도하자!

"더러운 물이라도 새 물을 얻기 전까지는 버리지 말아야 한다"

-탈무드-

주어진 현실에서 최선을 다하고, 개혁하고 변혁하자.

감사한 마음으로 오늘을 살자!

우리는 정녕 교육에서 희망을 찾고 만들 수 있다!

기도하자!

1993. 3. 24. A.M 9:50

# 천호동 이사

지난 4월 12일에 천호동으로 이사왔다.
경기외국어학원 원장님과 만났다.
이 만남은 참 귀한 만남이었다.

요즈음은 경기외국어학원에 자주 나가는 것은 아니다.
원장님께서 나를 굉장히 좋아하시는 것 같다. 오늘 동아일보 부장(심사부)과 (정출도) 전화했다. 한일외국어학원에 나가기는 즐겁다.
그러나 웅지학원은 분위기가 그렇게 가라앉아 있을 수가 없다.
내가 2타임 수강생이 두 명씩 있었는데 모두 다(한 명은 다른 학원에 가겠다고 하고) 시험을 본다는 것 때문에(핑계인지) 그만들 두었다.
웅지에서는 오직 대원이만 가르친다. 대원이는 사람이 참 착하다. 참으로 단편적 지식과 시험을 위한 공부와 가르침이라는 생각이 든다.
참으로 웃기는 삶의 현장이다.
이곳을 풍요롭게 가꾸자!!

1993. 4. 29.

# 오산리 기도원에서

지난 토요일(10일)에 오산리 기도원에 갔다 왔다.

순복음교회 앞에서 차를 타고, 약 한 시간, 강변도로와 아름다운 숲을 지나 기도원에 갔다. 공기 맑고 좋은 곳이다. 대로변에서 약 4~5㎞들어간 곳이다.

인아와 나는 숲속 벤치에 앉아서 성서를 보고 찬송도 하며 주께 기도했다. 매미소리 울려 퍼진다. 성전에서 기도를 많이 했어야 되는데, 주로 사람들과 이야기하였다. 거기서 박형재 형제를 만났다.

11일에 다시 차를 타고 여의도에서 하차, 형재 형제가 사준 핫도그를 먹었다. 특히 우리가 식당에서 기장교회(청량리) 목사님 아버지와도 이야기하였는데 좀 지루하였다.

지난 토요일 Loop를 빼러 남영동(갈월동) <일심외과·산부인과>에 갔으나, 3~5시 사이에 오라고 하여 기도원에 갔다.

월요일에 다시 가서 Loop를 빼고 왔다. 그리고 난 후 책입감 때문에 S를 자제하다가 7. 17일 믿음으로 아기를 갖기로 했다. 그 전날, 또 그동안에 인아와 이런저런 의견차 때문에 갈등을 겪다가, 7월 16일(금)에 국민일보 배달을 하기로 결심하고 신설동지국에 갔다. 거기서 저녁식사 시간이 되어서 카레를 먹고 이야기를 한참하다 왔다.

굉장히 신앙이 좋으셨다. 특히 부인은 강남신학원까지 다녔다고 한다. 나는 지난 토요일에 신동아아파트 40세대를 배달했다. 비가 상당히 많이 왔다.

그동안에 오산리 가기 전, 변석주 형제가 우리집에 전화해서 내 아내가 성서교재 간행사 그 문제를 놓고 그동안 변 형제가 추천해주기도 하고 해서 다니고 있던 중에 내 아내가 장난으로 "책임져요"라는 말 한마디를 발단으로 하여, 그 뒤로 아침 7시쯤 전화가 자주 오면서, "당신이말야"하는 식으로, 믿는 사람끼리 같지 않고, 돌변한 모습을 보여주어서 참 실망했으며, 내가 말을 너무 많이 하다가 실수한 걸로 알고 미안하다 했다.

어제(주일) 변 형제 말대로 해명하려 하였으나, 어제 나오지 않았다. 그래서 저녁 8시쯤 청년부들 끝나고 오면서 공중전화로 전화했으나, 나하고 이야기 하지 않는다고 하더니 오늘 아침 7시에 다시 전화와서, 다음 주에 만나되 앞으로 교회에 오지 않는단다. 나는 친해지려 이야기했는데, 내가 신경과 이야기도 하면서, 외로운 사람들끼리 하나님 믿고 잘 지내자는 식으로 이야기 한 것이, 성서교재 간행사 일로 해서 괜히 사건이 터진 것이다. 내가 한다 했다가 안한다 했다. 왔다갔다 했다. 나의 실수(한다, 안한다)와 경솔함이기도 하다. 주께 기도 드려야겠다.

어제는 청장년부 기도회에 모였다가 기도회 자체에 대한 문제점을 토론한 후 7월 17일 청장년회 수련회를 가려고 하다가, 비가 너무 많이 와서 못갔다 한다. 그리고 음식(고기)을 4~5만원 값 준비했다 해서, 김정효 집사집에 가기로 했다. 그 전에 문재열 집사 아들 수환이(수연이:딸)가 두드러기로 연대 세브란스병원에 입원했다 하여, 정진집사 부부(좀 늦게옴), 문제철 부부, 김정효 부부, 김웅철 부부 4쌍과 나와 연대 세브란스에 갔다가 퇴원하는걸 보고 우리부터 마포 김집사 집에 갔다. 집안은 모두 신앙적으로 키울려고 노력하고 있었다. 성서구절 등등.

거기서 고기를 먹고 여러 가지 이야기하면서 놀다가 저녁 7시 반쯤 헤어져 각자 집에 왔다.

서로 친목하는데 좋았다. 기도하고 말씀 보고 성서 읽고 하는 은혜스러운 모임이 되어야 할 것이다.

집에 와서 인아가 임신한 걸 보았다.

젖이 나온다. 이러한 상황에서 신문배달을 적극 만류한다. 그래서 차선책으로 과외나 학원 알아보려고 송창정 집사, 김용환 집사에게 전화했다.

나의 길과 행적, 지혜와 양심을 주께서 지켜주시기 바란다.

주여! 기도할 수 있도록 도와주소서.

양심회복과 진리회복, 생명회복의 기도를 드리게 하여주소서!

지금 김 집사에게 전화하고 국민일보에 전화하려 한다.

주께서 지켜주시길 바란다.

아직 불안정한 나를 지켜주시길 원한다. 오! 주여! 힘을 주소서~

아직도 불안정한 7월에 기도하는 마음으로..홍근

1993. 7. 19(월)

# 군산에서 가족과 함께

지난 7일 군산에 갔다왔다. 군산 형(예리아빠, 유원아파트)이 지난 6월 6일에 온 것이다. 그동안 아버님이 서울에 왔다 가셨다. 장안빌딩에 60만 원을 빌려준 건 때문에 같이 장안평에 갔었다. 그 뒤로 소송에 관한 책도 보고 서초동 법원에도 구경하러 갔다 왔다.

군산에 가서 아버님, 어머님, 누나네집(새로 이사간 집-5월 15일에 이사함)에 가서 대화하고 하루 잤다. 전주에서 황구연 등 친구를 만나고(영국여자와 한참 이야기하고 친구들과 같이 보리밥을 먹었다. 나와서 차를 한잔하고, 기붕이에게 전화하고, 병홍이 아내의 요청으로 가서 이야기를 좀 하려다가 병홍이는 그것을 원치않아서 가지않았다-10일 저녁), 다시 군산에 와서 10일 저녁에 국석 씨와 만나 저녁 7시쯤 숯불돼지구이집(군산가든)에서 고기를 먹었다. 국석 씨가 나보고 말을 편히 하고 싶다고 했다. 그래서 그러라고 하면서 내가 형이라 한다고 했다. 좀있다 여자친구가 왔다. 국석 씨가 여자친구도 같이 오기로 했다고 하면서 이 사실은 절대 말하지 말라고 하였다.

그뒤 유원아파트에 잠깐(9:30에) 들러 이야기하고(예리, 권철이 한글공부하고 있었음) 원철이를 10시에 만나서 은파유원지에 가서, 서울 인아에게 전화했다.

둑 근처에서 박카스 한병씩(500원씩) 먹고, 나오면서 순대 2000원 값을 먹었다. 참 좋은 여름밤이었다. 풀냄새가 솔솔 풍기었다. 원철이와 이런저런 이야기하고, 원철이의 전송 속에 나는 택시로 집에 와서 자고 11일날(금) 서울에 6:30 차를 타고(6시는 우등고속버스) 서울에 내려 인아와 만났다.

12일 저녁은 지금까지의 신혼생활 중 최대로 고통스러운 날이었다. 집에 내려가느냐, 서울에 있느냐의 문제로 의견 차이가 나서 인아가 나와 헤어진다 했으며, 목사를 하면 이혼을 한다, 나는 직장 안 나간다 등등으로 심각한 상황이라고 나는 인식했다.

나는 모든 걸 장난으로 여기지 않는다. 다행히 조금 호전되긴 했다. 나는 이러한 상황을 신중히 생각할 것이다. 꾸준히 노력하여 진실로 성실한 생활, 기쁨과 보람의 생활을 누리자!

우리가 이제 서대문에 있는 감신대 주변을 중심으로 이동하려 한다. 병원과 학원을 알아보려는 것이다. 요즘같이 방황이 되는때면, 성서 말씀과 기도밖에는 어찌할 도리가 없으며, 그것이 우리 생의 가장 큰 보증이 되는 것이다.

지난 일요일 이민재 목사님께 말씀드려 이번 6월 22일(화) 12시에 만나기로 했다. 좋으신 목사님이다. 이론적으로 트였다. 항상 웃으신다. 그리고 대화가 가능하다. 이 만남이 기쁨으로 이루어졌으면, 하고 기도한다. 전번에도 책을 서로 바꿔보며 연구하자고 하셨다. 아름다운 정동교회, 우리사회가 되도록 노력하자!

아버님을 모시는 문제도, 기도 속에서 아름답게 풀리리라 생각한다!

아버님과 나는 시민회관 등나무 밑에서 여러 번 만나서 이 얘기 저 얘기를 나눴다.

1993. 6. 14(월)

# 무더워서 침울한 날

오늘도 날씨가 무척이나 무덥다.

나는 오늘 하루 무척이나 기분이 침울했었다.

오늘 오전 중 제기동에 있는 이재석 의원에 인아가 월 60만 원 받기로 하고 취직이 되었다.

나는 왜 오늘 의욕이 저조해졌는가? 허탈했다.

진길이와 보험회사 문제로 전화를 했다. 오후엔 “일당잡부대모집” 이란 곳에 가 보았다. 질통, 벽돌 : 55,000원, 보통 45,000원, 건설회사 40,000원이란다. 사무 아가씨가 무척 사무적이다.

저녁에 인아와 같이 교민문고에서 만나서 왔다. 밥을 꽂아놨는데 좀 탔다. 노가대에 나간다니 인아는 싫어했다. 아버님께 편지 부치라고 한다(인아가 써놓은 것). 내가 왜 그리 돈을 벌려고 하지 않는지 인아는 신경질을 냈다. 내가 제기동 근처에서 학원을 알아보아 40~50만원 손에 쥐어준다 했다.

나는 왜? 돈을 안벌려는지? 이상하다는 생각도 들었지만 생각해보니, 나는 과정상 의미가 있는 행동을 중요시하고, 그 결과로서 돈을 벌려는 것이지, 돈의 양만을 노리는 성격이 아닌 걸 발견했다.

애들과 같이 놀면서, 그 뿌린 씨앗을 거두자..

나는 사회에 보탬이 되는 사회를 개선해 나가는 일에만 관심이 있고, 보람과 기쁨을 거기서 느낀다는 것을 새삼 깨달았다.

나는 요즘 진실로 기도하고 있다. 기도는 우리의 자기동일성을 계속해서 추구하는 작업이다(이민재 목사님).

인아도 정신적으로 고통스러울 것이다. 내일부터 적극적으로 가르칠 곳을 찾아 나서자!

나의 기쁨을 사회를 개선하는데 중요한 역할을 담당하는 교육에 두자!

성경·영어 공부도 열심히 하자.

우리 인아와 우리 가정에 축복 있을진저!

피곤하다! 자자!

무기력은 최고의 솟구침으로 연결될 수 있다. 그가 정의와 기쁨, 보람 그리고 하나님을 찾는다면!

1993. 6. 18(금) 12:10

# 춘천 나들이

어제 인아와 같이 춘천에 갔다왔다.

처음에 춘천까지 가서(무궁화호인데 2500원이었다) 춘천에서 어디를 갈까 정하지 못하고, 여러 사람에게 물어봐서 등선폭포를 갔다. 거기까지 가는 산길이 울창한 숲으로 둘러싸여서 참 좋았다.

등선폭포라는 곳은 춘천에서 한 15분 거리에 였었고, 소양강변에 있었다. 절(금선사)이 있었고, 장사들이 있었다.

그 밑으로 내려와 강가에서 풀길따라 인아와 같이 쭉 올라갔다가 다시 내려와서 배에 타 보았다.

시원한 강바람 가운데에 우리가 있었다. 인아는 누워서도 읽고, 우리는 배 가상에 앉아 있었다. 배는 금요일에는 운행하지 않는 모양이었다.

우리는 거기서 강촌까지 버스를 타고 가서, 강변에 내려가 강을 따라 쭉 걷고는 낚시하는 것을 좀 보다가 기차를 타고 청량리역에 도착하여 집에 왔다.

나는 이제 9시쯤 눈을 뜨고, 인아는 지금(9:30) 일어났다.

오! 하나님께서 성서의 말씀을 따라 우리를 도와주시길 간구한다.

나는 요즘 나의 앞길과 방향에 대해서 좀 어수선하다. 그러나 나는 오직 한 길, 주 예수를 전도하고 그를 좀 더 알게하는 것이다.

내가 요즘 6월 28일부터 국민일보에 난 광고를 보고 성서교재 간행사에 다니는데, 나로서는 기도하고 말씀 보며 찬송하며 하나님 나라를 확장시키고 우리의 필요를 공급하시는 하나님께 감사찬양하면서, 이 길이 진정 주님을 위하는 나의 길이라 생각된다.

하지만, 내 아내가 이 길을 반대하면서, 경기외국어학원에 알아보라 한다. 그러나 사실은 나는 싫지만, 적극 반대하니 하기가 어렵다.

내년에 신학대학원에 가는 것도 등록금 등 여러 가지가 겹쳐 있는데, 주님께서 가장 좋은길로 인도하여 줄 것이다.

나는 오직 기도할 수 밖에 없고, 기도 또 기도하자. 그것도 단순히 무엇을 이루어 달라는 결과에 대한 기도가 아니라, 항상 감사하고 새로운 전망을 하는 기도를 하자. 나는 과외든 학원이든 예수가 빠지고 책이 빠지면 싫다. 지금까지 계속 그래서 현실에 적응이 안됐나 보다.

그저께는 세일즈를 하고 돌아오면서, 전철에서 전도지를 나누어 주었다.

내 인생에 있어서 남는 게 무엇인가!

예수를 전했다는 그것이다. 핵심, 변화의 핵심은 예수 그리스도이시다. 성령의 능력이 개개인을, 사회를 변화시킨다.

빛이 있으면 어두움이 있듯이, 우리는 이 사회에 계속해서 등불을 밝혀가야 하며, 부패한 곳에 소금을 뿌려야 한다. 소금과 빛, 예수 그리스도. 이 용어와 그 뜻들은 인생의 영원한 주제이다.

한 사람이라도 구원하고 전도하여 변화시키자. 나의 보람, 최대의 의미. 예수 그리스도. 나의 전 생애의 모든 것을 맡기자! 성서의 말씀을 읽으며 헌신의 자세를 더하여가자.

1993. 7. 3(토) 아침 9시20분에

# 나의 번역작업

할렐루야! 하나님을 찬양하라. 그 크고 높으심과 깊으심, 넓으심, 정의와 자유, 진리의 하나님을 찬양하라!

모든 만물을 주관하시며, 인간 생사의 모든 것을 가지고 계신 하나님을 찬양하라! 할렐루야, 아멘!

너희가 나를 찾고 찾으면 만나리라.

나는 성서에서 확실히 보여주는 대로, 진리의 길, 정의의 길, 자유의 길, 승리의 길을 갈 것이다.

그동안 조선일보를 보고 속셈학원을 쭉 찾아보았으나, 규모의 영세성, 나 자신의 고학력 또 강의 자체가 학원 스타일이 아닌 점 등등으로 인하여 계속 맞지 않았다.

그래서 어제 포기해버리고 번역작업에 몰두하려 한다. 그것은 배우며 공부하며 일할 수 있을 것 같기 때문이다.

또 그저께는 도서관에서 번역이론을 보고 있는데, 인아가 뛰어와서 병원 원장님이 수도학원 소개시켜준다 하여 이재석 원장님이 수도학원 원장님과 통화하여, 다음 날로 약속시간을 잡으셔서 그저께 수도원장님을 만나고 그 밑의 과장선생과 다른 교실로 가서 시강을 했는데, The Korean War에 관한 것이었는데, 학원 style이 아닌 느슨한 형태여서, “안되겠죠?”하니 안된다고 하였다. 이 병원장님께 전화드렸으나 바쁘셨고, 어제 4시쯤 찾아 뵙고, 수도원장님이 잘해주셨는데, 내가 실력이 부족하여 떨어졌다 하였더니 잘됐으면 서로 좋았을텐데 하면서, 정일학원 말씀도 하고 했는데, 내가 번역을 할거라 하니까, 내가 도움이 된다면 전화해주겠다고 했다. 또 그 외에 필요한 일 있으면 연락하라고 하셨다. 이 원장님은 상장이 수두룩하다. 또 광석교회에 출석치 않겠느냐고 하신다. 나는 감리교기 때문에…라고 대답하였다. 다른 사람의 고통에 대하여 신경을 써주시니 고맙다.

어제 11시쯤 강동카톨릭에 들러 인아월급 반달치(20만8천원)를 찾고, 간김에 한일학원에 들렀다. 그러나 선생들도 각자 자기 일에 바쁘고 본둥만둥하였다. 그러나 최실장은 좀 진실을 말했다. 자기의 생각을 지키는 것도 중요하다 했다.

거기서 백승모 선생도 보았다. 별 할 말이 없나보다. 쉬러간다고 나간다. 외국에만 있다고 자연스레 모든 머리가 깨는 것은 아닌가 보다. 양 선생도 바로 나가버리고, 사무직원들 뚱뚱이들만 있고, 좀 있으니 대원이가 왔다. 늘 한일에서 공부하나 보다. 그러나 더욱 서운한 것은 대원이가 나를 봐도 시큰둥하다는 점이다. 모두에게 희생적 진실로 대하는 것은 성서적, 기독교적 풍부한 전통 아래서만 가능한 것인가?

최선생만 빼놓고는 한 일에 실망이 크다. 꼭 세상을 그런 식으로만(이해관계로만) 따지며 살아야 되나?

정독도서관(동대문 휴관)에 가서 형표에 전화했다. 형표하곤 좀 통한다. 형표가 아내에게 전화해서 아내가 좀 풀어지면서, 번역작업 쪽으로 착수 동의! 온글에 전화하여 다음 다음주 월요일에 만나기로 했다.

이제 '내가 선택한 길'이기 때문에 기쁘고, 아내도 동의했고, 내 길에 대하여 책임을 진다.

너무 평안이 온다. 기쁘기도 하지만, 책임감도 있다.

전화상으로 인아의 말이 자기도 욕심을 버렸다 한다.

세상사 욕심대로 되는 것이 아니며, 욕심이란 자기와 맞지 않는 일에 종사하려는 것도, 남들이 돈 잘 번다니까, 쉬운 길 등등이 욕심이라는 것 같다.

자기가 가고 싶지 않은 길은 가지 말라.

욕심은 우리 생에 늘 나타나는데, 욕심을 버리고, 진지한 학문의 길, 진실의 길, 자기가 알고 노력한 만큼만 댓가를 바라는 일에 종사하자.

형표의 나에 대한 분석과 집에 전화, 도움이 되었다.

1993. 7. 29.

# 사상 토론이 좋다

어제 새벽 3시쯤에 서울역에 도착하여(그것도 입석으로) 4시 정도까지 기다리다가 시멘트 바닥이 차서 그냥 택시타고 들어가려고 나오다 보니, 4시 40분쯤 버스가 운행된다 하여 벽산 건너편에서 45번 버스를 기다려 50분쯤 타고 집에 와서 한 12시까지 자다가 도서관에 가서 A history of christian church를 읽었다.

내려갈 때, 13일 저녁에 인아가 갑자기 군산에 내려가자고 하여 6시쯤 출발하여 terminal에 taxi타고 가려다 퇴근 시간일 것 같아 종로3가에서 내렸다.(요금은 1700원쯤 나왔다)

거기서 전철로 터미널에 와서 보니 이리가는 차밖에 없어서 이리로 차표 끊고, 잠실 형수에게 전화했다. 군산어머님께 전화했으나 계시지 않고, 고속도로휴게실에서 했더니 안 계셔서 전주로 해봤더니 계셨다. 군산 처형에게 했더니 없고 아버지만 받았다.

그날은 용범, 용우, 형과 변산을 거쳐 서해안 일대를 돌고 왔단다.

내가 목요일(12일) 용우 회사에 전화 3번 했으나 서로 통화하지 못하고, 둘이 서울역에서 내려갔다.

우리는 하루 늦게 가서 전주에서 어머니와 만나서 자고, 11시쯤 도착해서 매형, 누나, 어머니와 이야기하고 선용이와 4시까지 이야기하였다. 주로 합리성에 대한 이야기였다.

그날 군산에 연락했더니 정읍으로 바로 가라고 하여, 매형이 우리를 초등학교 구경시켜줄 겸해서 내장산까지 데려다 주었다.

초등학교는 옆에 저수지도 있고, 아주 아담하여 참으로 그림 같았다.

여선생 하나가 일직하고 있었다. 같이 승용차로 나와 내장산 시내버스 있는 곳에서 음료수 한잔 먹고, 정읍 이모댁에 전화해보니 형부가 이모를 모시고 먹을 것 가지고 온다 하여 점심을 먹지 않고 음료수를 마셨다. 매형이 돈 2만원을 주었다. 참 마음을 써 주신다. 그러나 나는 돈보다도 활발한 사상토론이 좋다. 있다 보니 형 차가 지나가서 매표소까지 가서 매형은 인사하고 다시 갔다.

우리는 물을 통과하여 들어가서 물이 흐르는 곳 옆에서 고기를 구워먹었다(한국적인 모습이다). 숲이 푸르렀다. 거기서 나와 용우가 운전하며 용범이는 정읍역에서 올라가고, 우리는 군산으로 가서 냉면을 먹고 그 옆 노래방에 가서 노래(그대는 나의 인생)하고 유원아파트에서 자고 아침 7시쯤 아버님 잠깐 뵙고 다시 오수를 들러 전남 송광사까지 갔다가 다시 오수 들러 우리는 전주직행 타고 약수터에서 내려 교대 앞에서 전화했더니 매형이 내려오셔서 같이 올라갔다.

누나집에서 자고 다음 날 3시쯤 나와서 기붕이 집에 들려서 정갑이 부부와 같이 밥먹고 헤어져 전주역에 갔으나, 시간과 돈이 맞지 않고 전주터미널 10시 차가 있고 해서 이리로 가서 00:03분 차 타고 3시쯤 도착했다.

기붕이 집에서 잠깐 이 얘기 저 얘기 했는데, 나는 전주에 가면 새로운 환상의 세계, 시계가 거꾸로 돌아간 듯한 느낌을 받는다.

한 개인에게 있어서 고향, 옛 친구, 옛 학교란 시간을 거꾸로 돌리는 참으로 기묘한 힘을 갖고 있는 듯하다. 참으로 연구하고 생각할 가치 있는 기묘한 현상이다.(황구연이는 화투를 많이 치다가 이혼할 뻔도 하였단다. 동창들 이야기가 재미있었다)

지난 13일(금)에 번역사무소에 가서 번역하기로 했다. 하나님께 감사한다. 나의 이상과 현실과의 접점인 것 같다. 이상을 현실화시키는 것은 지식이 아닌가 한다.

오늘 정릉 형수한테 전화했다. 사업을 그만두었다는 이야기를 들어서 위로겸 도와드리지 못해 미안하다 했다. 신앙생활 꾸준하고 형은 헌법을 배운단다. 교회법일 것이다.

생활의 변동 중에 고민만 하지 말고 공부를 하는 자는 희망이 있다. 잘될 것 같다. 좋은 책 있으면 사다드린다고 했다. 위로의 전화를 하고 나니 기분이 좋았다.

삶의 진실이란 이런 면이 아닌가 생각된다. 도서관에서 열심히 공부하자. 공부하면서 모든 걸 조리있게 이루어 나가자!

1993. 8. 17

# 아름다운 희망, 그리고 이웃사랑

나의 모든 아름다운 희망과 이웃에 대해 사랑하고픈 정열은, 지금까지 이 삭막한 사랑의 길을 미처 알지 못하는 세상 속에서 지금까지 이루어지기 힘든, 그러나 기필코 이루어야 할 현실적 상황이었다.

얼마 전에 내가 돈을 벌어야 하는 심리적 갈등상태에서 나를 되돌아보고 인생을, 신앙을 되돌아 보면서, 나의 실제적인 삶의 현장에서 불안정한 갈등을 느끼면서, 우리집의 현재로서의 잠정적인 가훈을 만들어 놓았다. 그것은 현실과 이상의 조화를 꾀한 것이었다.

"일하고 공부하며 하나님을 바라보자"이다.

나는 내가 정한 이 "가훈"이 참 좋다. 인생을 이러한 자세로 살리라.

요즈음은 계속하여 아침 9시쯤 동대문 도서관에 가서 중간에 밥을 먹으러 왔다가(걸어서 약 20분 걸림) 저녁 9시쯤 들어오고 있다. 좀 더 강행군을 해야겠다.

어제는 내가 당분간 번역을 하려는 상황에서, 온글번역소(서홍관이 소개)에서 지난 금요일쯤에 두 개의 번역할 글을 가져왔다.

하나는 Gogol에 관한 것이고, 하나는 설교집 The Guidance of the Star이다.

계속해서 번역하며 공부한다. 계속 사전 찾아보면서 그 사전 속의 단어, 어구들을 보면서 계속해서 나 자신의 정신세계를 넓혀나가고, 정신과 마음을 더욱 젠틀(gentle)하게 가꾸어 나간다. “가식없는 신사적인 사람”이 되기 위하여!

내가 세상에 태어나서, 이른 바 단순히 말하면 공부를 자의반 타의반 하다가, 고등학교까지 단편적 지식의 압박에 의한 폐해로서 일종의 바보가 된 것이다.

All work and no play makes Jack(길동) a dull boy!

바보가 다시 판단력이 생기고 생기가 불어 넣어지기까지는 77~93년 즉 16년의 세월이 소모되었다. 이제 다시 나의 생에 일의 방향이 당분간 손에 있으니 열심히 일하자!

지금까지의 내가 일을 찾으려 방황했다면, 그 방황의 끝으로 다시 학문적 일을 찾았으니 열심히 공부하며 일을 하자!

학문과 일 속에서 우리의 미래가 계속 찾아지고 펼쳐지리라!

군산 명숙 언니가 내일, 모레 사이에 오려고 한다는 소식이다. 여긴 물가가 참 싸다. 파 1단 100원, 수박 500원, 열무 500원.

열심히 공부하며 살자!

1993. 8. 4(수)

# 성경공부와 성숙

어제는(일) 상당히 의미있는 날이었다.

전도사님께서 지난 일요일 나에게 등록하라고 하셨는데, 우리 부부가 교회 예배실에 들어가자 입구에서 써서 내라고 하신다. 참 고마웠다.

김봉록 목사님의 설교가 끝나고, 광고시간에 내 이름과 인아 이름을 부르면서 새로 온 사람은 아니고 지금 청장년부에서 활동하고 있다는 부가적인 설명까지 곁들여주셨다. 옆의 청년부도 그 이야기로 나와 인사하였다.

요즘 우리는 변석주 형제 때문에 예배 끝나고 1층에 내려가지 않고 배재공원에 가 있는다. 한 15분 후에 식사하러 식당에 가서 먹고 나오는데, 이민재 목사님과 이야기하였다. 번역이 중요하다고 하신다. 번역은 변혁이다는 말씀도 하신다. 또 그러면서 김봉록 목사님께 소개하신다. 이제 등록하였다 하니, 많이 본 얼굴이라 하신다.

또 성경공부 시간에 “가정경제원칙”에 대하여 이야기하는 중에 각자의 가정생활 이야기가 나왔다.

나도 아내와 같이 가서 나의 적나라한 이야기를 했다. 서로의 사정을 알게 되니 좋았다. 청년부가 더욱 더 성숙되어 가는 느낌이다. 강신태 장로도 도움을 주었다. 전도사님께 우리도 지도목사님이나 전도사님이 필요하다고 했더니 틈틈이 돌봐주신단다. 한번 방문하시겠다는 말씀도 하셨다. 고맙다고 인사했다.

요즈음은 도서관에 가서 계속 책을 읽고 공부하니 참 좋다.

오늘은 서대문의 번역사무소에 들러서, 이 얘기 저 얘기하고 왔다. 영어 공부를 열심히 하자!

그리고 어제는 예리네 아빠를 만나러 위생병원에 4시 10분 전쯤 도착하였다. VISA 판정실이란다. 만나서 이 근방에서 소주 한 잔 하고, 잠깐 우리집에 들렀다가 바로 고속터미널에 6시 40분차로 내려갔다. 평범한, 조금은 지식이 있는 사람일 뿐이다.

간 김에 일요일 저녁이기도 하고 해서 한신교회에 들렀다. 부흥회 style이다. 이스라엘에서 공부하고 온 이윤재 목사가 설교했다. 배울 점이 있었다.

이중표 목사님은 성도들 대열의 나중에 만났다. 우리교회 나오라 하신다. 시원한 인상이다. 오리실 사람도 만났다.

열심히 공부하자!!

출판·언론 분야 등등에 관심을 갖자!

1993. 8. 9(월)

# 초등학교 영어회화 교육에 대한 안내말씀

유원아파트 주민 여러분 안녕하세요?

저는 학생들을 가르치고 있는 강홍근입니다.

진정한 뜻에서, 교육은 사람을 살린다고 말할 수 있을 것입니다.

현재 한국의 교육은 진정으로 생각이 깊고 넓은 훌륭한 사람을 만드는 것이 아니라, 지금 배우는 것이 무슨 뜻인지도 모르고서 무조건 외우기만 하는, 지혜롭지 못한 사람을 키워낸다고 볼 수 있을 것입니다.

이제 저는 보다 나은 사회, 보다 친절하고, 보다 사랑이 넘치며, 고통받는 이웃을 생각하는 인간다운 사회로 만들기 위하여 학생들을 훌륭히 가르치려 합니다.

제가 생각하는 훌륭한 사람이란, 자기가 좋아하는 일을 찾아서 기쁘게, 열심히 그리고 이웃을 위해서 일하는 사람입니다.

이러한 사람이 된다는 것은 결코 쉬운 일이 아닐 것이며, 또한 하루이틀에 되는 것도 아니라고 생각합니다. 이러한 훌륭한 사람이 되기 위해서는 풍부한 독서와 여행, 그리고 친구들과의 놀이와 따뜻한 만남이 있어야 할 것입니다.

또한 그 중의 하나가 외국어 능력입니다.

저는 그동안 군산종로학원, 국제외국어학원, 서울 한일외국어학원, 군산 한미외국어학원에서 경험하고 연구한 것을 바탕으로 학생들에게 회화 위주의 수업을 함으로써 학생들에게 세계로의 문을 열어주며, 드넓은 외국의 세계를 경험하게 하고자 합니다.

저 또한 계속적인 독서와 영어연구로 학생들이 훌륭하게 자라서 개인의 행복과 사회에 이바지하는 것을 도와주고 싶습니다.

저는 학생들의 교육에 관심을 갖고, 교육학을 비롯하여 책을 꾸준히 읽고 있습니다. 학생들을 가르치는 중에도 학부모님들께서 많이 가르쳐주시고 조언해 주시기 바랍니다. 언제나 겸손히 듣겠습니다.

외국어 교육은 어릴 때 일수록 좋습니다. 또한 교육이란 것이 결코 간단한 문제가 아닌 인생 전반에 관계하는 것이기 때문에, 바람직한 교육을 위해서 2주일에 한번 정도로 부모님과 독서토론회도 갖고자 계획하고 있습니다.

학부모님들과 상의해서 교육을 올바른 방향으로 이끌어 나가겠습니다. 서로 협력하면 우리는 많은 것을 이룰 수 있을 것입니다.

대상·시간·경력 등은 다음과 같습니다.
대상 : 국민학교 학생
시간 : 4~5시, 5:10~6:10
정원 : 10명씩

강홍근(남) 36세
전화 61-4511
유원아파트 1동 1006호
성격 : 온순
We are waiting for you. Thank you!

# 독서실 인수

인생길이 무엇이며 어떻게 가야 하는지, 참으로 그 길이 어디로 어떻게 나 있는지 아직도 모른다. 그러나 우리는 성서의 지혜의 길, 경험의 길, 정의의 길이 올바른 길이며, 희망의 길이며, 생명의 길이며, 승리의 길임을 믿는다.

이 시대에 진실된 사람과 양심의 사람이 얼마나 있을까? 물론 우리는 진실과 양심의 사람을 만들어 가야 한다.

오! 주여, 우리를 도와 주소서.

사랑의 하나님이여 우리를 보살피소서.

능력의 주님이시여, 우리를 인도하소서.

기도하는 우리의 마음을 불쌍히 여겨주소서.

우리는 오늘부터 독서실을 인수하여 개원하게 되었다. 교차로를 보고 보증금 4,000에 시+권 1,200에 계약하게 되었다. 우선 계약금 50만원을 건넸다.

특시 시설비+권리금의 문제에 있어서, 이것은 불안정한 돈이기 때문에 망설여지고 고민도 많이 했다. 그러나 제대로 알아보기가 참 어렵다. 내가 사회생활의 경험이 없기 때문에 실무적인 선에서는 참으로 약하다는 생각이 든다. 시+권의 문제는 오늘 중으로 풀어야 한다.

오! 주께서 좋은 사람과 좋은 생각을 주시길 바란다.

원론적인 측면에서 보면, 나는 교육과 문화를 위하여 헌신하고 싶다.

인아는 독서실 생활을 오래하여서 자신이 있다고 한다. 또한 나는 이 사회를 변화시키기 위하여 기여를 해야 할텐데, 그 평범하고도 상식적으로 대중 속에서 꾸준히 센세이션을 일으키지 않고 조용한 변화와 개혁을 이루고 싶었다. 그 방법의 모색이 참으로 어려웠는데, 이제 그 거점을 잡은 것 같다.

앞으로 펼쳐질 우리의 교육사업에 관해서 불안감도 없지 않다. 그러나 이 독서실을 통하여 첫째 하나님께 영광을 돌리며, 우리 이웃을 사랑하며, 우선 군산 사회를 변화시키는데 첫발을 힘차게 내딛자! 그리고 주인 아주머니와 그 아들을 볼 때에 사람들이 진실된 것 같다.

'항상 기뻐하고, 쉬지말고 기도하고, 범사에 감사하는' 생활을 하자!

오! 오직 주께서 우리와 함께 계시길 기도한다.

1994. 10. 10. 새벽 6시

# 독서실 생활

독서실에서 생활한 지가 한달 되었다.

저녁 12시~1시~2시에 자는 때가 가끔 있다. 잠이 좀 부족한 편이다.

어제도 12시 넘어 자서 새벽 5시 30분쯤 일어나서 6시에 애들 깨우고 다시 8시 정도까지 자야 되는데, 아버님이 7시 반에 계꾼들과 내장산에 간다고 하여 가서 뵈오러 7시쯤 갔는데 굉장히 피곤하다.

독서실 학생들은 7~80명 된다.

나는 뜻을 가지고 독서실을 시작하였다. 나는 중요한 것의 하나로서 책을 읽어간다는 것이다.

피곤해서 생각이 안난다.

1994. 10. 9. 낮 12시

# 독서실 생활의 의미

오늘로써 독서실 생활한 지가 한 달이 되었다.

현실이라는 것이 이론으로만은 되지 않는다는 관점에서, 주위의 지혜를 모아가야 한다고 생각한다.

날씨가 11월 10일이라도 아주 따뜻하다.

내 아내는 독서실 커텐뒤에서 쉬고 있다. 이렇게 함께할 수 있는 시간을 갖는다는 것은 얼마나 큰 행복이며 축복인가.

어머니도 자주 오신다.

나는 학생들을 돌보는 정신적 스승으로서의 역할을 하고 있다. 내가 지금 할 수 있는 일은 열심히 산다는 것뿐이다.

늘 사랑하며 용서하며 인생을 살자!

특히 이번 쪽지사건은 나의 생의 고통스런 부분이나, 사과하면 용서한다는 지혜로운 마음을 갖자!

보통 12시 넘어서 자서 6시에 애들 깨우고 다시 한 8시까지 자고 일어나니까 이제 잠에 대해서 리듬이 생긴 것 같다.

오늘은 머리가 상쾌하다.

내 시간이 있으니까 참 기분이 좋다.

Thank God for your granting wisdom!

1994. 11. 10.

# 사랑하는 민정이에게 1

민정아!

그동안 건강히 잘 지냈는지?

아버님, 어머님 건강하시고, 민철이도 잘 있는지?

사실 삼촌이라고 해서 말만 삼촌이지 민정이에게 도움도 못주고, 좋은 영향도 끼치지 못한 것 같구나. 내가 부족해서 그러하니 용서해 주기 바란다.

우리가 며칠 전에 민정이와 전화상의 대화에서 이야기하였다시피, 우리는 현재 독서실을 운영하고 있다. 지금은 시험철이라 잘 되고 있고, 앞으로 시험 끝나고도 여러 가지를 무료로 가르쳐주고, 광고도 계획하는 등 자신있게 생각을 가지고 운영하고 있다.

너도 알다시피 독서실이라는 데가 학생들이 와서 공부하는 데가 아니겠지?

그래서 나는, 나도 열심히 공부하고 책을 읽고 하면서 학생들을 돌보는데 심혈을 기울이고 있으며, 저녁 11시쯤(월, 수, 금 정도) 고1, 중3 영어를 무료로 가르쳐주고 있다.

책 읽고 학생 돌보고 공부하고 또 가르치고 때로는 학생들이 올바른 방향으로 나가도록 토론하고 가르치고 하는 것은 나의 땀흘리는 일이자 보람이요, 기쁨이다.

사랑하는 민정아!

너도 알다시피, 나는 그동안 방황하며 고생도 좀 했다. 나는 지식과 공부의 정신적, 이성적 가치를 결코 소홀히 하지 않지만, 또한 실제로의 육체적 노동도 나도 해보았고 소중히 여긴다.

우리 교육에서 빠진 것들 중 땀흘려 일하는 육체노동의 소중함과 이웃을 위해 살라는 이타성의 강조이다. 민정이는 육체적 노동을(한때의 것이라도) 두려워하지 말길 바라고, 또한 나의 공부와 책읽기가 이웃을 위해 하는 것이라는 투철한 신념을 가지고, 또한 그러한 사상을 연구·형성해 나가길 바란다.

우리가 독서실을 함으로서 이제 겨우 현실에 적응하게 되었으며, 배고픔은 좀 면한 것 같다.

이제 오늘 우리에게 바로 면한 과제는, 정신적인 것이건 육체적인 것이건 열심히 땀흘려 산다는 것이다. 이렇게 사랑하는 민정이에게 구구절절 열심히 쓰는 것도, 민정이의 아름다운 정신세계와 장래의 무한한 희망과 용기를 보여주기 위하여 땀흘려 노력하는 것 중의 하나일 것이다.

민정아, 또 하나 내가 사과해야 할 것은 네가 지금 공부하고 있는 중인데도, 도움을 준다거나 따뜻한 말을 제대로 못해주었다는 것이다.

그 이유는 첫째로 나의 교육철학이 입시위주의 공부와는 차이가 난다는 것이며, 둘째로, 내 자신도 정리하기가 어려웠고 현실적 기반도 없어서 말할 처지가 못되었다는 것이다. 용서해줘라!

그러나 나는 민정이가 현명하며 마음이 건강하고 활발하다는 것을 어느 정도는 알고 있으며, 그렇게 믿고 있다.

나는 앞으로는 민정이의 훌륭하고 현명하며 능력있는 자랑스러운 삼촌이 될 수 있을 것이다. 열심히 하면 그렇게 되는데 자신있다.

I will work hard and I am working hard now.

인생을 기쁘고 행복하게 사는 길은, 이웃과 사회를 위해서 살면서 육체적이든 정신적이든 열심히 사는 것이다. 즉, 지혜롭게 방향을 잘 잡아서 열심히 사는 것이다.

사랑하는 민정아!

요즘 언론보도상, 그리고 사회의 실상이 냉정하며, 험하다고 한다. 그러나 우리는 이러한 사회를 그냥 어쩔 수 없이 바라만 볼 수밖에 없는 것일까?

결코 그렇지 않다.

우리는 광범위하게 책을 읽고, 필요한 공부를 함으로써 각종 부정부패를 고발할 수 있으며, 각종 부조리와 땅투기 등 경제적 부정의를 점진적으로 분명히 개선할 수가 있다.

섹스피어의 희곡을 읽으며, 유명한 고전을 읽으며, 아름다운 시를 읽음으로써 삭막한 이 사회에 희망과 용기, 따뜻함을 불어넣을 수 있는 것이다!

사랑하는 민정아!

우선 하는 방식대로 필요한 공부를 하고 시험 끝나고 광범위하게 책을 읽으면서, 시간나는 대로 군산에 내려와서 또는 서울에서, 삼촌과 광범위하게 인생에 대해서, 종교에 대해서, 교육에 대해서, 정치와 경제적 정의에 대해서, 역사에 대해서, 올바르고 가치있는 삶에 대해서, 대화와 토론을 하자꾸나!

우리가 삶을 균형되게 지혜와 지식을 흡수하면서 아름답고 가치있는 삶을 살고, 우리의 사회를 바로 우리 주변부터 그리고 각종 제도와 세제에 개혁을 가하고, 우리의 후손들의 마음에 가슴깊이 행복감을 안겨주자!

나도 열심히 우리 사회의 개혁과 진보, 정신적·물질적 자유의 신장을 위해서 노력할 테니 민정이도 같이 새 삶의 물결을 이루어 나가자!

요즈음은 입시제도가 한 통로가 아니고 다양하게 되어 있을 거니까, 다양한 통로 중 너에게 잘 맞는 것을 아빠와 잘 상의하고 주위 분들과 상의하여 결정하길 바란다. 점수를 잘 맞는것도 좋겠지만, 그보다도 너에게 알맞은 통로를 찾는 것이 더욱더 우선적으로 중요하다!!

아버지가 교육계에 있고 또한 진로지도에 대해 잘 아시니까 길게 이야기할 필요없지만, 내 생각엔(삼춘의 예에서도 알다시피) 점수에 따라 학교를 가기보다도, 너의 적성에 맞는 과를 우선적으로 고려하여라. 그래야 후회가 없을 것이다. 좀 공부해보다가 너무들 수준이 낮으면 편입 또는 대학원을 같은 과로 해서 좀 수준 있는 대학원을 가거라. 대신 대학 때 자기과를 사랑하고 열심히 해야하겠지! 민정이의 힘찬 노력과 삶을 빈다.

민정아!

전화상으로 말했듯이 나는 경제정의실천시민연합(경실련:Citizen's coalition for economic justice)에 가입하였다. 이것은 사회적 삶의 한 형태로서 구조적·법적·거시적·경제정의적 관점을 갖고, 시민이 연합하여 대응하는 것이다.

끝으로 민정이의 건강한 나날과 기쁘고 행복한 하루하루가 되길 바라며, 아버지 늘 열심히 사시고, 엄마 늘 너희들 마음을 알아주고 따뜻하게 보살펴주고, 민철이의 활발하고 친밀하고 다양한 친구관계와 학교생활 속에서 힘차고 명랑한 가정이 힘있게 이루어 나가는 모습을 믿으며, 기도한다.

우리의 모든 것에 감사드리며 위로는 지혜의 하나님을 사랑하고, 우리 이웃을 나의 몸과 같이 사랑하자!

지금 여기까지 보살펴 주신 하나님께 감사드리며, 이만 쓴다.

p.s. 민정이 삼촌 결혼하는데 못가봐서 미안하다. 우리의 삶이 아직 정리가 되지 않아서 즐거운 일을 축하해 주지도 못하고 있다!

1994. 11. 10.
나운독서실에서
민정이의 신뢰성 있는 삼촌 홍근 씀.

# 첫눈이 며칠 전에 오고
# 좀 눈다운 눈이 조금 왔다

오늘이 이제 독서실 생활한지 두 달이 조금 넘었다.

실로 바쁜 나날들이다. 늘 건강해야겠다. 항상 잠이 좀 부족한 편이다.

나는 사실 사회를 개선하기 위하여 노력하고 있다. 그러나 나의 이상을 이루기는 결코 쉬운 일이 아닌 것 같다.

늘 노력하는 수밖에 없다.

세상에 많은 사람들과 많은 관계들이 있지만 누구를 만나서 무엇을 하느니보다 내 영역(교육)에서 열심히 학생들을 가르쳐 가는 것이 최우선인 것 같다.

늘 성서를 읽어서 영감을 얻자.

1994. 12. 13(화)

# 1995년 새해

새해가 밝았다.

이제 1995년이다. 1년이 넘어갔다. 나는 과연 그동안 알찬 인생을 살았는지?

그동안의 무수한 방황에서 나는 언제나 안정된 상황으로 전진하려는지?

여기 독서실의 방이 상당히 차다. 우리는 우리 자신의 삶과 교육을 위하여 이곳에 있다. 하는 데까지 최선을 다하고 학생들을 보살피며 가르치자.

나는 올해 신학교에 가려고 한다.

진정 이번에 고상한 학문의 길로 가서 그리스도를 위하여 봉사하자. 우리의 앞길에 주님이 함께 동행하시기를 진정 바란다.

나는 요즘 신풍복음교회를 나가고 있다. 목사님과 대화했는데 신학적으로 통하는 면이 있다. 복음교회가 역사에 대한 책임 의식이 있다. 우선 목사님과 대화가 통해서 기쁘다.

1월 1일에 복음교회에 가보니까 성도들이 굉장히 서민적이며 상당히 많다.

일단은 다니면서 신학교에 가서 사상의 맥을 잡아가자!

주여! 능력주시는 자 안에서 내가 모든 것을 할 수 있습니다!

어제는 (구)진국이와 사회저층의 의식과 생산에 의한 소수독점에 대항하는 모델에 대해서 이야기했다. 특히 국부론에 대해서 이야기 했다.

사실 요즈음 인아와 다툼이 있었다.

나는 학문으로 몰두하고 싶은 입장이고 인아는 돈을 착실히 버는 것이다. 두 가지의 길이 타협이 어려우나 모든 걸 종합하게 하는 하나님께서 지혜로운 길을 주시리라 믿으며, 인아의 마음도 조금씩 변하고 있긴 하다.

내가 이 휴게실에다 커텐을 치고 학원식으로 가르치려 하는데 빨리 시설을 좀 했으면 좋겠다.

가르치는 것으로 최선을 다해서, 학생들에게 참다운 인생을 알려 주었으면 한다!

1995. 1. 2(월)

# 눈이 많이 내린 날

독서실 생활이 거의 세 달이 되어간다.

나는 참으로 많은 방황을 하면서 이 生을 살았다. 그러나 나는 주님의 영광과 그의 성령이 나의 이 허물 많은 존재를 결국 능력으로 회복시켜 주리라 믿는다. 여러 가지 학문이 있지만 이때는 나의 믿음이 실제로 나의 생활을 이끌어 주리라 생각한다. 학문을 통해서 힘을 얻자.

오늘(어제도) 군산대에 가서 민박을 구했다. 한 10명 정도 구했다.

이 사회의 개혁을 위해서 노력하자! 서로의 빵을 얻기 위해서 상식적으로 서로 뛰는 데서는 어렵다는 생각을 했다. 전문성을 기르자. 성서를 읽고 심도 있는 탐구를 해 나가자! 인생의 타협점을 꾸준히 탐구해 나가는 수밖에 현실적 묘책은 없다.

가로등에 비친 눈 내리는 모습이 좋다. 형, 김 집사님, 이민재 목사님, 홍규에게 편지를 썼다. 오늘 신풍교회에 가서 기도하고, 목사님, 전도사님과 대화했다.

요즈음 희망은 신학에 있다. 한일신학대학에 진학(편입)하여 열심히 학문을 탐구하자.

1995. 1. 5(목)

# 사랑하는 민정이에게 2

민정아!
그동안 건강히 잘 있었니?
아버지, 어머니 건강하시고, 민철이 건강히 잘 생활하는지?

내가 어제 편지를 8장에 걸쳐서 써놓았으나, 요즘 민정이가 바쁠 것 같아서 간단히 다시 쓴다. 하는 데까지 최선을 다하고 시험 끝나고 책·친구와의 대화·여행 등을 많이 하여라.

공부와 더불어 또 필요하고 중요한 것은 네가 좋아하는 학과 선택일 것이다. 학교보다는 과를 선택하라고 말하고 싶다. 아버님께서 잘 아시니까 잘 택하리라 믿는다. 입학 방법도 다양할 테니까 잘 알아보고!

민정아!
시험 보는 데 내가 특별히 도와주지 못해서 미안하다. 나는 민정이, 민철이 모두에게 물론 매우 관심을 갖고 있다. 전화로 말했지만 나는 독서실 운영하면서 현재로선 '열심히 살겠다'라는 말밖에는 할 수가 없구나. 늘 건강하길 바란다.

p.s. 내 아내, 할머니 다 잘 있다.

1994. 11. 11. 금요일.
민정이의 자랑스런 삼촌이 되기 위해 노력하는
민정이의 희망찬 장래를 믿는 홍근 삼촌 씀.

# 사랑하는 나의 인아에게 1

간단히 몇 자 씁니다.(어머니 출발 직전에 쓴 것임)
그동안 건강히 잘 있었는지?
지난 번에 정성들여 보낸 편지를 못 받았다니 유감입니다.

나는 여기서 계속 실무를 알아가며, 많은 사람들을 접촉하고 있습니다. 자금의 단위도 천만 단위입니다.
건축 일도 같이 볼 것입니다(확실히는 모르지만). 간호사 취직은 적극 알아보겠습니다.

서로 다시 만날 때 더욱더 크나큰 기쁨으로 만날 수 있도록 책도 좀 보시고(동대문 도서관에서 대출-도장, 주민등록증만 있으면 만들어줄 겁니다) 경제적으로는 우리의 기쁨과 이웃사랑을 위해서 절약해 주시오. 공부도 하시고!
나는 현재 절약과 열심, 배움 등의 개념을 생각하고 있습니다.

늘 건강하시길 바라며, 우리의 이웃을 향한 노력이 자그마하나마 하나씩 하나씩 이루어지길 바랍니다. 어머님과의 기쁜 만남이 되시길..
너무 바쁘게 썼습니다.
p.s. 주께서 당신과 함께 하시길 기도합니다.

1993. 11. 27 군산에서 당신의 사랑. 홍근

# 사랑하는 나의 인아에게 2

그동안도 건강히 잘 지냈는지!

이렇게 조용한 가운데 당신에게 편지를 쓰니까 아주 기분이 좋군요!

당신에게 이렇게 편지를 쓰는 것이, 하나의 새로운 세계를 창조해 나가는 기분이 듭니다!

아! 그리고 당신의 편지 고마웠고, 그 내용도 순수한 것을 추구하는 것 같아서 기분이 좋았고, 감사했습니다.

나도 부족한 점이 많고 하니, 당신이 더욱더 글이라든가 하는 방면에 유능해질 수 있도록 최선을 다해서 돕겠습니다.

사랑하는 인아!

여기에 내려온 지가 한 20일 정도 된다고 생각하는데, 아주 바쁜 세월이었으며, 내 생의 전개 방향을 조정하고 구도를 잡아 가고 있으며, 실제로 일을 하고 사람들을 만나고 있습니다. 버스표 파는 아줌마를 비롯하여, 슈퍼 아저씨, 금은방 집사님, 서점주인 등등 각계각층을 만나고 있습니다.

어떤 의미에서 그들과 만나서 새로운 이야기를 해주고 듣고 하는 것이 좋은 것이죠! 인생은 지식과 지혜와 더불어 경험의 폭이 넓은 것도 중요한 것 같습니다.

사랑하는 당신!
오늘도 건강하고 늘 건강하길 바라며, 우리의 자녀도 태어나길 바라고, 빨리 군산에 내려올 수 있도록 내가 최선을 다 하겠습니다.

늘 건강하시고 노력하세요!
당신과 이불 속에서 속히 같이 자고 싶습니다!
주께서 당신과 함께하시길 기도 드립니다. 도서관에서 책도 좀 빌려다 보세요!

1993. 12. 5.
군산에서 당신의 사랑 홍근.

# 좋은 사람들이 있는 곳

책과 음악이 있는 곳, 좋은 사람들이 있는 곳.
그곳은 천국에 가까이 있는 곳이겠지요!

철도역에서 짐은 어머니가 서울에서 군산역으로 오시면서 찾아오셨고, 대성병원 원장은 오늘 내일 사이로 만날 것이며, 여기 중부교회 목사님께(회현교회 때부터 나를 잘 아심)도 나 여기 내려왔다고 전화드리면서 당신 직장 말씀드리니까, '아! 물론 적극 알아봐야지!'라고 하셨으니까 어디든지 취직할 수 있을 거예요! 염려 말아요.

사랑하는 당신 안녕!
요즘도 새로운 걸 계속 알아가느라 바쁜 편이군요. 그러나 당신을 위해서라면 시간을 얼마든지 만들 수 있을 뿐만 아니라 모든 걸 포기할 수도 있는 좋은 남자이기도 합니다.
나의 사랑 인아! 안녕.
또 연락할께!
kiss 쪽! 예쁘고 귀엽고 좋은 인아!

1993. 12. 8. 새벽 5시에

# 동아일보 여론독자부 담당자께

수고하십니다.

항상 편해지고 잘못되기 쉬운 이 사회에, 항상 정의로운 비판으로 무지한 자에게 빛을, 그리고 잘못되어가는 사회에 채찍과 소금 역할을 하는 언론에 찬사를 보냅니다.

우선 이번 대통령 선거에서 비교적 공정하게 당선되었고, 상당한 득표를 한 오랜만의 문민대통령 당선자 김영삼 씨의 당선을 진심으로 축하드린다. 좀더 부드럽고 다양성 있는 정치를 기대해본다. 또한 그의 개혁의지와 고통을 분담하자는 호소에 귀기울이며, 같이 새로운 한국건설을 위하여 고통스러운 면을 인내할 것을 다짐해본다.

국민의 기대만 높여주는 좋은 말보다는 고통의 분담을 호소하는 것은 정직한 것이며, 용기라고도 생각된다. 다시 한 번 축하드린다.

그러나 한편 이번 「부산기관장모임」 사건에 대해서는 이야기를 하지 않을 수가 없다.

보도를 통한 수사 진행 상황을 보면, 실로 앞뒤가 바뀐 것이라는 생각이 들어 혼란스러워진다. 이미 일간신문의 보도를 통하여 부산기관장 모임의 내용이 백일하에 드러났다. 맹목적으로 그 내용은 특정지역 후보를 오로지 그 지역 출신이다는 이유 만으로 지원하자는 지역이기주의의 내용이었다(언론매수, 지역이기주의 조장 전파, 다 같이 빠져죽자 등등).

그리고 모임을 주도한 김 전 장관은 적어도 이 나라를 전체적으로 보아야 한다는 것을 누구보다도 잘 알아야 될 사람이었으나, 그 기초적 양식을 저버리고 특정지역을 위하여 몰염치하고 맹목적인 지역이기주의를 조장하였다.

우리는 여기에서 적어도 이 나라가 하나의 나라라고 인정한다면, 실제로 어느 후보를 좋아한다면 정식으로 선거운동 등록을 하고 열심히 홍보하면 될 것인데, 비밀리에 모인 국민대표로서 지역이기주의, 그것도 공적 모임에서 조장한 특정 지역만 맹목적으로 지지하는 이러한 행태가 다시 재발되지 않도록 해야 할 것이며, 이 사건의 부차적 사건인 도청 문제를 끌어들여 사건의 우선순위를 희석시키지 말아야 할 것이다.

어느 후보를 지지하는데 있어서 그 인물됨됨이나 경력, 정책 등을 지지하고 사적인 모임에서 의견을 피력하는 것은 좋으나, 단순히 같은 지역이라 하여 맹목적인 지지를, 그것도 국민의 한 대표로서 모임에서 한다는 것은 양식 있는 사람으로서의 일이 아니며, 파렴치하다 아니할 수 없다.

지역적 기질에 문제가 있으면 서로 감싸주고 사랑하고 좋은 방향으로 이끌려고 해야지, 더욱이 국민의 대표로서 권한을 위임받은 지역의 기관장모임인 공적 모임이 오히려 지역이기주의를 조장하는 행위는 나라의 화합을 위하여 단호히 대처해야 될 것이다.

# 사랑하는 독서실 학생에게

1.

사랑하는 학생 여러분!

우리 나운독서실에 오신 걸 감사드립니다.

우리는 학습분위기 형성에 최선을 다하고 있습니다.

제가 때때로 조용히 다니면서 조용한 학습분위기를 유도하고 있습니다. 서로 상대방을 좀 이해해주시고, 생각해 주시고, 도와주시기 바랍니다.

우리가 공부하고 책을 읽고 하는 목적은 아마도 보다 나은 인간, 보다 나은 사회를 만들기 위한 것일 것입니다. 이러한 것이 눈앞의 목표를 넘어선 장기적인 목표라 생각할 때, 우리는 이러한 인간, 보다 나은 사회에 대한 믿음을 유지시키기 위하여 꾸준히 연구하고 책을 읽어 나아갈 것입니다.

저도 각 과목에 대해 공부하고 연구하여 학습에 실질적인 도움을 드리겠으며, 따뜻한 말 한마디로 여러분의 마음을 훈훈하게 해드리겠습니다.

오늘도 건강하고 아름다운 마음을 가꾸는 하루가 되시길 바랍니다. 감사합니다.

Be a good man and women!

2.

안녕하세요.
우리 나운독서실에 오셔서 감사합니다.
우리는 학습분위기 형성에 최선을 다하고 있습니다.
우리나라의 미래는 여러분의 공부와 책 읽기에 달렸다고 생각합니다. 감사합니다.
안쪽으로 들어오세요!
Welcome to our studying room.

# 나운 독서실 안내문

안녕하세요. 여러분의 나운독서실은 이 땅의 참된 교육을 위하여 헌신하고 있습니다. 학생 하나하나에 대한 진정한 사랑과 관심을 쏟아붓고 있습니다. 왜냐하면 바로 여러분들이 이 나라를 더 나은 사회로 만들 수 있는 주인공들이기 때문입니다.

오십시오!

우리는 조용한 학습 공간과 살아 있는 교육의 정신으로써 매일매일 여러분을 기쁨 그 자체로 맞이하고 있습니다.

샘솟는 희망과 공부하는 기쁨, 자유로운 정신을 위하여 우리 꼭 만납시다. 우리는 여러분을 늘 기다리고 있습니다.

- 운 영 내 용 -

*운영자 : 강홍근(전주고, 서울대학교 졸업, 36세,
학원 영어강사 경력 3년)

*운영내용 : 본인도 공부하면서 여러분의 질문 사항에 대답해 주고
있습니다(특히 영어. 그 외 수학·과학 등).

*부모님과 교육에 대하여 언제나 상담하고 있습니다.

*앞으로의 운영계획 : 영어를 자유토론식·회화식으로, 원하는
학생에 대하여 무료로 가르칠 계획입니다.
감사합니다.

전화 : 63-3390

나운독서실

제2부

# 화보

강홍근 · 전인아

서울대 졸업식에서 친구들과 함께

졸업식을 끝내고 서울대 정문앞에서 정릉 형수와 함께

강홍근의 어머니, 큰형, 누나, 정릉 형수

강홍근의 형님과
(서울대 졸업식에서)

강홍근의 누나와 함께
(서울대 졸업식에서)

결혼식때 와준 서울대 산업공학과 친구

결혼식

결혼식

결혼식(양가 친척)

폐백사진(강홍근,전인아)

시어머니 김송지 여사(가운데)

신혼여행지에서(소양강)

적십자간호전문대학 가관식을 마치고

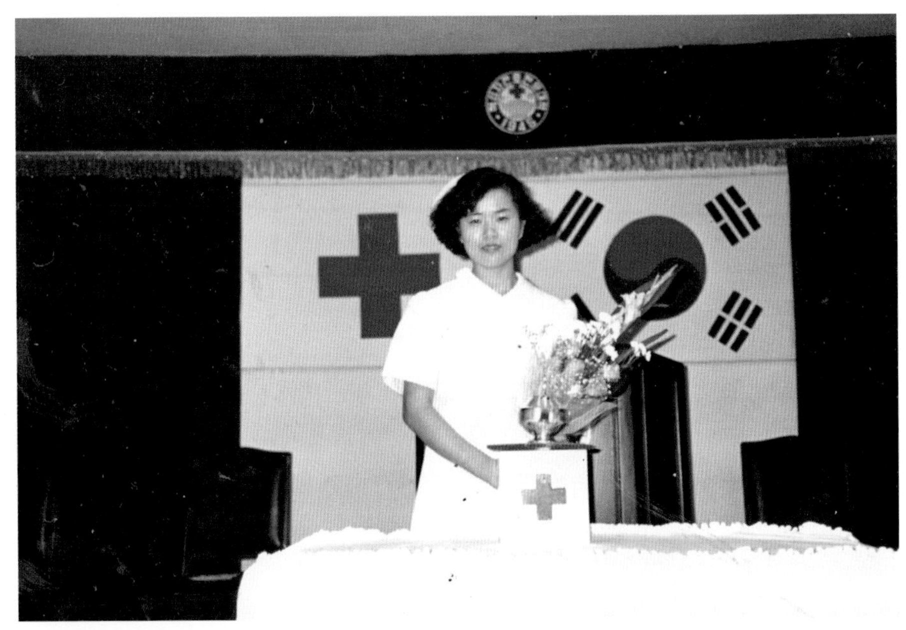

적십자간호전문대학 가관식장에서

적십자간호전문대학 가관식에서 기념촬영

가관식에서 큰 언니와 함께

아버지

어머니

전주북공립중학교(전주북중)재학중 아버지

군산횟집에서 아버지를 모시고 동생내외와 함께

아버지가 미국여행서 언니와 함께

아버지, 언니, 동생

아버지 미국여행서 미국 언니네 식구들과 함께

우리 가족사진-아버지, 큰언니 내외, 남동생내외, 조카들

미국 둘째형부 가족 (양병환, 전명숙, 양예리, 양권철)

아버지, 남동생내외, 조카들

동생 용우내외와 조카들

효열문에서 조카들

친정집 효열문앞에서

# 제3부

# 부록

전인아의 작품
「짧은 만남 긴 여운」을 엮으며

희망

화려한외출

보고픔

5월의 장미

환희

순수

관심

향기1

길

향기2

열매

그리움

고민

환희

옛생각

초심

기다림

그리움

아름다움

가을

나라사랑

다시태어나도

숲속길

간직하고파

늦가을

편지

옛추억

여름바다

외출

먼바다

길을걸으며

소망

풍요

결실

사색

# 저와 강홍근이 함께 기억에 남는 고마운 분들을 돌아봅니다

먼저 서울시 사당동 이정희 미용실 사장님에게 감사드린다.

제 결혼식에 누가 어디서 드레스 빌려주어서 그곳에 가면 악세사리가 있으니 가보라고 해서 강홍근씨와 같이 갔다. 그런데 이정희 미용실 사장님이 그 드레스는 너무 구식이어서 본인이 맘에 안내킨다고 일주일 후 예약되어 있는 드레스를 공짜로 빌려주시었다. 그 후 답례도 극구 사양하시고.. 강홍근 씨와 대화 후 이런저런 대우를 해주신 분들 잊지 못한다.

소양강 여행을 갔는데 소양강 경치 좋은 곳 커피숍에 들렸다. 그곳에서 일하시는 분과 대화 좀 했는데 무어라 했는지 나는 기억도 없고 말주변 없는 나는 낄 수도 없었다. 유쾌한 시간 후 계산하려 하니 그 종업원이 계산했다고 그냥 가시라고 해서 얼마나 고마웠던가.

전주고 54회 동창분 최순규 변호사님 고마움 잊지 못한다. 결혼 전 인사 가니 우리에게 그 당시 3만원 주시면서 좋은 시간 가지라고 친절히 대해주시었다.

아름다운 서울성남교회 청년부. 우리 결혼때 이런저런 선물 감사드린다. 특히 송창정 준목사님, 강홍근 씨 일자리도 소개시켜주었고, 물심양면으로 도와주신 교인분들 감사드리고 또한 김성규 목사님(서부역 동서창고) 우리에게 그 당시 10만원의 축의금까지 주시었다.

또 우리 결혼식 날은 양쪽 집안에서 음식을 푸짐하게 해오셔서 저의 결혼식에 오신 하객들 전부 잘 드시었다는 말을 들었다. 특히 신랑쪽 홍어회는 인기 중 인기이다 보니 리필 때 신부측인가 신랑측인가 물어보고 주었다는 소리를 나중에서야 전해 듣기도 했다. 그 당시 아름다운 서울성남교회 교인들이 그렇게 맛있는 음식 처음 먹어봤다고 하시었다. 저희들을 위한 양쪽 어르신들의 정성어린 손맛에 무한한 감사 드린다.

결혼식 날 우리는 이곳저곳 절차 때문에 음식 구경도 못하고 아침부터 저녁까지 굶다가 예식 마치고 청량리에 와서야 청량리 시장에서 국밥을 사먹었다.

청량리에서 경춘선 타고 춘천 가는 열차 속은 주말이다보니 거의 젊은 층 대학생들 MT로 가득해서 자리가 없어 서 있었는데, 누가 봐도 신혼부부 티가 났고 신랑은 가슴에 꽃을 달고 신부는 곱게 한복을 입었으니 열차내 분위기가 축제였다.

누군가 기타로 분위기를 띄워주고 기타 소리로 축제분위기는 한층 더 고조되었고 그중 어떤 학생이 우리들에게 자리를 양보해 주기도 했다. 참 고맙고 소중한 추억이었다.

서로가 모르는 사람들 속에서 지금도 영화속의 한 장면으로 내 추억 속에 곱게곱게자리잡고 있다.

결혼 후 강홍근 씨는 정동제일교회를 나갔다. 나도 자연스레 정동제일교회로 갈 수 밖에... 그림같이 아름다운 교회에 또 청장년부 여러분들의 배려를 잊지 못한다. 예배 후 이미 계획이나 한 것처럼 몇 쌍이 모여 남이섬으로 놀러 갔다.

강홍근씨 말 때문에 항상 전인아는 동화 속 주인공 대접을 받았으니 사람에게 용기를 주고 희망을 주고 상대방을 인정해주는 말 때문에 어디를 가나 사람들이 남녀노소, 장애인 비장애인 다 좋아했다.

남이섬에서 여자들만 보트를 타도록 배려해준 청장년부에게 감사드린다. 그 당시 본인들이 데려온 아이들도 있었는데...

예배 후 그냥 우리를 집에 못가게 하고 점심 맛있게 고기 구워 먹고 저녁까지 고급음식 사주었다. 저녁에 집에 들어와서는 잘 도착했느냐고 배려전화도 잊지 않고 해주었다. 일주일에 1-2번 그러니 주일날 만나면 옛 죽마고우같은 느낌이었다.

이 자리를 빌어 서울성남교회와 정동제일교회분들에게 감사를 전한다.

결혼식장을 빛내준 전주고 54회 동창 군산 거주 친구분들과 서울공대(산업공학과) 동창분에게 고마움에 대한 답례도 제대로 못했고 그 나이에 왜 그렇게 정신이 없었고 고마워 할 줄 몰랐는지...

또한 서울적십자간호전문대학 동기들(90학번 D반), 현, 중앙대학교 적십자 간호대학 감사하다. 보고싶고 그립다.

그 당시 학교에서 결혼식 허락해준 교수님께도 감사드립니다.

학교 역사상 재학 중 결혼식을 한 학생이 없었다 했는데 조용히 결혼식 하라고 허락해 주시었으니...

동아일보 독자의 편지에 글 기고하여 실리다 보니 그게 인연이 되어 동아일보 부장님하고 통화를 가끔 하는 것과 그 당시 청와대 비서실장 박관용 님과 통화하는 것을 가끔 봤고 각계에서 모임을 갖자고 전화도 왔고 그 인연으로 김영삼 대통령과 영부인이 한복입고 찍은 사진으로 연하장이 왔을 때 얼마나 큰 영광이었던가?

그 당시 우리가 군산에서 독서실 운영할 때 그 연하장을 학생들에게 보여주고 자랑했었지. 강홍근은 사회 각계각층 사람들과 늘 대화하고 살았고, 나야 집에서 하는 말을 듣기만 하는 입장이었다.

군산에서도 각종 모임, 데모하게 되면 늘 강홍근을 찾으며 참여 해달라고 부탁 받으며, 사업주(동영화학?)와 노동자 충돌이 일어나 서로 토론할 때 사업주 측에서 강홍근 말에 주목하고 저 아저씨 말이 옳다고 해주었다 했다.

공인도 아닌 민간인인 신분이었는데도 늘 편지함에 한 뭉치씩 유인물이 왔으니 늘 갈 곳이 많았고 그런 중에도 장애인 단체모임에도 초대받아 갔다 왔다 했다.

그 중 뇌성마비1급 이원철 씨. 늘 그 집에 가서 때론 어머니 집에 데려와서 결혼 전 모든 손발이 되어줘야 하는데 다 손발해주고 한글을 목이 터져라 알려주었다 했다. 그것도 1-2년이 아니고 장애인도 배워야 한다 하면서 그런 몇 년 고마움으로 한글 다 터득하고 하니 고마워서 이원철 씨가 장애인모임에 강홍근 씨를 초대한 것이다.

강홍근 씨는 결혼 전부터 그런 일을 했었고 저는 감히 엄두도 내지 못할 일이어서 더 이상 어떤 말을 할 수가 없었으나 늘 이런저런 강홍근의 행동에 숙연해질 수밖에 없었다.

강홍근은 희생봉사와 이타적으로 살자는 정신이었고 실제 본인도 그런 삶이었다.

상대방을 칭찬하고 용기를 주고 유머러스하고 늘 주변에 폭소를 터트리는 능력이 있었고 먼저 상대방 말을 충분히 들어주었으니 주변에 가까이 겪어 본 사람들은 강홍근 씨를 하늘이 보내준 사람이라고도 했다.

군산국제외국어학원 원장님 사모님도, 다른 곳에서도, 또 우리 아버지도 나에게 그런 말을 해주었다. 국제외국어학원 원장님 사모님은 다른 선생님들은 학생 많은 시간에 수업을 하려고 하는데 강홍근 선생님은 늘 학생이 없는 시간 새벽이나 저녁 늦은 시간 등을 맡아주니 운영자 입장에선 얼마나 고마웠을까?

우리 결혼식 때도 물론 군산에서 서울까지 사모님과 선생님들이 선물과 참석해주어 감사드린다.

어디 감사할 곳이 한두 군데인가? 삶 자체가 늘 주변에 행복바이러스 였으니..

독서실을 운영할 때도 학생들이 오면 2-3시간 우리 독서실 취지를 말해서 그냥 나는 외워진 것인데 생각나는 대로 내용은 이렇다.

우리가 공부하는 목적은 이 사회에 봉사하기 위해서고 더 많이 봉사하기 위해서는 더 많이 배워야 한다였다. 또한 학생 여러분 부모가 원하니 공부를 해야 하고 언제든지 우리 독서실 취지와 안 맞으면 돈은 환불해준다 했다. 그런저런 말을 듣고 학생들이 너무 강홍근 씨를 좋아했고 또 친구들 데려오곤 했다. 고마운 학생들이었지.

하나님은 사람을 통해 복을 주신다.

사람들은 살아 가면서 많은 사람들을 만나고 그분들을 통해 삶이 성숙해 가지만 안타깝게도 모든 사람들이 그 고마움을 쉽게 잊고 살아간다.

사랑하는 남편의 회현초·중 모교에 기증하게 되어 너무 기쁘고 회현초(주중일 교장선생님), 회현중(김옥빈 교장선생님) 배려에 감사드립니다. 오랜 세월이 흘렀지만 결코 잊지 못하는 그때를 회상하며 고마웠던 모든 분들에게 감사를 드립니다.

2022년 7월

전 인 아

# 짧은 만남 긴 여운

인쇄일| 2022년 9월 1일
발행일| 2022년 9월 5일

엮은이| 전인아
발행인| 채명희
발행처| 가온미디어
전주시 완산구 충경로 32(중앙동, 2층)
Tel_063)274-6226
출판등록| 제2020-000029호
인쇄처| 대흥정판사
Tel_063)254-0056
E-mail_hi0056@hanmail.net

* 잘못된 책은 바꿔드립니다.

값 15,000원

ISBN 979-11-91226-12-6